华翰雕龙

孙士焱诗词选集

孙士焱 著

知识产权出版社
全国百佳图书出版单位
—北京—

图书在版编目（CIP）数据

华翰雕龙：孙土焱诗词选集 / 孙土焱著 .—北京：知识产权出版社，2020.5
ISBN 978-7-5130-6872-7

Ⅰ.①华… Ⅱ.①孙… Ⅲ.①诗词—作品集—中国—当代 Ⅳ.①I227

中国版本图书馆 CIP 数据核字（2020）第 060156 号

内容提要

本书包括古体诗、乐府诗、近体诗（律诗、绝句、竹枝词）、词等 700 余首。作者已从事诗词创作数十年，退休后更是将时间充分投入诗词阅读、创作。作者的诗词创作，建立在大量的经典名篇阅读基础之上，思路开阔，词汇量大；作品平仄有致，或典雅或敦厚，或豪放或婉约，立意清新，既有古典诗词韵味，又充满生活情趣。读者可从中得到艺术享受和人生感悟。本书适合热爱古典文学尤其是诗词的读者阅读。

责任编辑：安耀东　阴海燕　　　　责任印制：孙婷婷

华翰雕龙——孙土焱诗词选集
HUAHAN DIAOLONG——SUN TUYAN SHICI XUANJI

孙土焱　著

出版发行：知识产权出版社 有限责任公司	网　　址：http：//www.ipph.cn
电　　话：010-82004826	http：//www.laichushu.com
社　　址：北京市海淀区气象路 50 号院	邮　　编：100081
责编电话：010-82000860 转 8534	责编邮箱：anyaodong@cnipr.com
发行电话：010-82000860 转 8101	发行传真：010-82000893
印　　刷：北京九州迅驰传媒文化有限公司	经　　销：各大网上书店、新华书店及相关专业书店
开　　本：720mm×1000mm　1/16	印　　张：16.25
版　　次：2020 年 5 月第 1 版	印　　次：2020 年 5 月第 1 次印刷
字　　数：225 千字	定　　价：66.00 元

ISBN 978-7-5130-6872-7

出版权专有　侵权必究
如有印装质量问题，本社负责调换。

前　言

"文章千古事，得失寸心知"，真先师杜甫肺腑之言也。李杜诸贤之诗，可谓囊括古今、气吞寰宇。先师严羽喻之为"金翅擘海、香象渡河"。其诗句脍炙人口、万世流芳，其中光景令吾神往不能自已。

再看拙作，虽倍感赧颜，但一股倔强、不服输的精神激励着我这不知深浅的老人，竟然也想追随师尊同道攀爬诗词艺术高峰。于是乎吾摘藻文翰，排比声韵，雕琢意象，吟写性情，力求在迟暮余光中绽放一枝小花。吾痴心难移，终日孜孜以求，不知今日得入樊篱、窥伺堂奥否？老妻讽吾为"罕世的傻瓜笨蛋"，然纵观世贤，如吾者比比皆是，非吾一人溺爱此道也。

中华古典诗词，为民族文化之精粹、瑰宝。老朽耳濡目染，玩味吟咏，沉湎其间不能自拔。其炫丽辞章，真是国色天香、灿若贝锦；其优美声韵，宛如哀丝豪竹、空谷传声；其意境情趣，怡神悦性、摄人心魄。

这里再啰唆几句习诗经过，也许对初学者有所帮助。我退休后，先是信手涂鸦，赋诗自娱——难免有东施效颦、以蠡测海、妄自尊大之嫌。命笔裁篇之难，如登千仞之山峰、涉万丈之深渊，岂一蹴而就乎？李杜诸贤之书、唐诗三百首务须朝暮吟咏、反复品味。我终日览阅古今章句，数年后渐得名章佳句之妙味。其间精读和粗读兼重，读写并行。常品遣词造句、比兴、虚实、用典等之窍要，细理诗文脉络、性情志趣之铺叙，久之写作时仿佛顿开茅塞、运用自如。作品初就后，冷处理，若干时日再对照精品佳作，寻找自家拙陋缺失，修改修改再修改。

今自选部分作品汇集成书，这是继吾处女作《孙土焱诗词散曲集》出版后的第二部诗词集，也是个人最终诗词集。书中诗词声韵均以《新华字典》为准。

吾虽痴爱诗词，然自知愚钝，文中定存诸多不足之处，诚盼方家斧正。吾此生不敢奢望比肩诗词界名家大家，倘书中诗词能被读者喜爱，侥幸流传后世一二，于愿足矣。

目 录

古体诗

新时代颂	002
送春（其一）	003
春深	003
晨练	004
锦苑秋	004
闲题（其一）	005
笑如嫣	005
慰迟暮	006
归路	006
城郊行（其一）	007
出游	007
愁绪	008
乱吟	008
晨练有句	009
惜春	009
临景写意（其一）	010
闲逛（其一）	010
又闲逛	011
闲吟	011
远游	012
览景书意	012
踏野（其一）	013
垂老歌（其一）	013
走圈	014
清明祭	014
游春闲题	015
写意	015
山区学童	016
览景书怀（其一）	016
览景写意（其一）	016
秋景书怀	017
初春闲逛有思	017
公园写意	018
游园遐思	018
游园抒意	019
雪（其一）	019
风雪歌	020
记游	020

自嘲	021	自况	036
病毒歌	022	秋日览景（其一）	036
流感未愈强出歌	022	相思曲（其一）	037
买菜途中	023	郊甸遗怀	037
医病归途	023	冰路行	038
迟暮观景	023	赞歌	038
书意（其一）	024	述意（其一）	039
所思	024	婚旅四十五韵	040
临街歌	025	行吟	042
园林拾趣	025	春景游	042
锦苑行	026	城郊行（其二）	043
记梦	026	早春行吟	043
学诗圣杜公体三十一韵	027	冰陌有思	044
读杜甫《望岳》诗戏作	028	游千山登五佛顶	044
学诗仙李公诗一首	028	闲题（其二）	045
晨郊行	029	拾荒老人	045
遗怀	029	市阔建马路有感	046
义猫行	030	芳甸诗	046
春节感怀	031	秋野诗	046
玄宗	031	无题（其一）	047
春节歌	032	松巅诗	047
流浪狗	032	览景写意（其二）	048
闲步（其一）	033	秋野行	048
沿路	033	城郊吟	049
登高	034	休闲曲	049
春日抒情	034	雨后览景叙怀	050
缅怀	035	雅趣	050
春日行	035	踏野吟	051

览景写怀	051	乌栖曲	067
给刑警	052	长相思	067
看新闻某县厂排污弄虚作假有感	052	乌夜啼	067
灭蝗	053	秋夜曲·朱淑真	068
象棋	053	白头吟·卓文君	068
赞云南边防稽毒警	054	昭君怨	069
科教兴国赞	054	怨歌行	069
进盘锦	055	君子行	070
进鞍钢	055	君子有所思行	070
自语（其一）	056	长歌行（其二）	071
东瀛盲女	056	月重轮行	071
怀故友	057	前缓声歌	072
乡城暮景	057	梁甫吟	073
思长妹	058	将进酒	073
思母亲	058		
写怀	059		
野趣（其一）	059		

乐府诗

律诗、绝句、竹枝词

白头吟	062	羁旅书怀	076
玉阶怨	062	绝句	076
游侠篇	063	无题（其二）	076
有所思	063	暮春	077
折杨柳	064	踏野（其二）	077
短歌行	064	岳阳楼晚眺	077
长歌行（其二）	065	蜀乡晚景	077
江南弄	066	夜出	078
江南曲	066	相思曲（其二）	078
		丁香	078
		春暮（其一）	078
		览景访人不遇	079

海岸观景	079	蔷薇	088
春暮叹	079	合欢树	088
景观题	080	逛景（其一）	088
春暮书怀	080	钢城暮景	088
端午吊屈原（其一）	080	旅思（其一）	089
新居	080	感冒	089
送客（其一）	081	刘希夷	089
闲题（其三）	081	锦里	089
夏日	081	端午郊游	090
闺思（其一）	082	春野	090
送友	082	行程吟	090
垂钓（其一）	082	怀旧	090
无题（其三）	083	自咏	091
无题（其四）	083	城街行	091
解语花	083	临景写意（其二）	091
七夕惹乡思	083	城郊	092
旅游（其一）	084	游园	092
老城	084	览趣	092
警世	084	唐萧	093
古意·李季兰/吴商浩	085	归乡	093
泛舟	085	修闲有句	093
送春（其二）	086	鹦鹉	093
晓行	086	狗（其一）	094
乡思（其一）	086	闲题（其四）	094
秋望	087	忆昔	095
川原（其一）	087	雨霁	095
川岸写意	087	湖边小景	095
叹	087	陶潜	095

孟浩然	095	无题（其五）	103
对景怀古	096	临邛怀古	103
野趣（其二）	096	趣游	104
竹枝词（其一）	096	自语（其三）	104
值秋	096	市廛	104
壮游	097	无题（其六）	105
雨中诗	097	闲题（其六）	105
雨后诗	097	污源	105
春（其一）	097	随吟	106
攀岭	097	赞泳将傅园慧	106
闲趣（其一）	098	暑夜	106
旅居登高书怀	098	宫词	106
老树	098	溽暑（其一）	107
闲趣（其二）	098	郊园书怀	107
立夏有怀	099	旅怀吟	107
肠断	099	园林（其一）	107
登岭书怀	099	丝瓜	108
昨夜春雨起观之	100	观景（其一）	108
狗（其二）	100	仲秋	108
逛景闲题	100	倩桃	108
闲行（其一）	100	桦树	108
千山览胜	101	南京书怀	109
浩歌	101	云里	109
自语（其二）	102	山川	109
端午吊屈原（其二）	102	续宋代苏麟《断句》	110
他乡遇友有怀	102	树朽	110
闲题（其五）	102	余生	110
垂钓（其二）	103	愤书	110

千山秋咏	111	翁耆	119
暮秋感怀	111	时事感怀	119
秋尾风雨感怀	111	腊月	119
农村小景	111	冬日观景	120
行船（其一）	112	雾霭（其一）	120
无题（其七）	112	释闷（其一）	120
闲逛（其二）	112	七夕	120
林冲	113	释闷（其二）	121
久客	113	林逋A	121
旅意	113	雪（其二）	121
舟楫	114	秋陂	122
附体病魔	114	咏史（其一）	122
初雪	114	无题（其八）	122
千山伫望	115	白云	122
无寐	115	春梅	123
行旅	115	观景（其二）	123
紫花地丁	115	减寿	123
郊外	116	倩秋	123
驱病魔	116	娜嬛	124
早春（其一）	116	无题（其九）	124
深冬	117	幻境	124
书白居易题诗戏薛涛事	117	趣改郁达夫诗A	125
柳永	117	咏史（其二）	125
川原（其二）	117	理愁	125
斑雀	118	酒渴	126
问妻	118	舒眉	126
溽暑（其二）	118	鲁叟	126
伫望	118	述意（其二）	127

晨练所见	127	春景歌	134
早春（其二）	127	春景醉题	135
洞庭湖歌	127	长江颂（其二）	135
野趣（其三）	128	秋城	135
登千山	128	逛景有思	136
羁旅叹	128	山寺行	136
云	128	咏怀	136
观日出	129	奉节赞歌	137
读史	129	春暮（其二）	137
金殿	129	游园诗	137
圣贤	130	旅途吟	138
芳草	130	叶落	138
喜鹊（其一）	130	旅游（其二）	139
为客	130	书意（其三）	139
故园歌	131	吟杜甫咏怀诗	139
足踏	131	野外书怀（其一）	140
长江颂（其一）	131	旅思（其二）	140
北国春	131	野峪遐思	140
旷野书怀	132	感唐刘氏杂言寄杜羔云君诗而作	141
初晓	132	园林（其二）	141
孤独	132	无题（其十）	141
羁旅吟	133	野晴	141
病余诗	133	无题（其十一）	142
逛景（其二）	133	书野趣	142
相思（其二）	133	谢朓楼	143
郊游	134	桂花	143
书意（其二）	134	野外书怀（其二）	143
春（其二）	134	观景有思	144

喜鹊（其二）……144	行程……152
赏景书怀……144	美睡……152
端午节吊屈原……145	航舟……152
怀古诗（其一）……145	登山阁感怀……153
枯坐……145	屈原……153
探山难……146	行路（其二）……153
村野夕……146	野景有怀……153
旅次书怀……146	花落……154
归翁……146	逛景遗怀……154
月夜书怀……147	逛景书怀……154
公园书情……147	无题（其十三）……154
闲行（其二）……147	夏日楼街闲题……155
诗赛感触……147	古意……155
看景有思……148	早市……155
余年……148	趣题……155
怀古诗（其二）……148	踏野（其三）……155
无奈……148	全"小马乍行嫌路窄，
牡丹……149	大鹏展翅恨天低"成诗……156
属意……149	闲行（其三）……156
雨中吟……149	闺怨（其一）……156
抛卷游园……149	望乡台……156
雨霁登山述怀……150	竹枝词（其二）……157
登览……150	秋雨题诗……157
秋日览景（其二）……150	读黄巢诗有句……157
清明祭父母……150	览景有句……157
郊野书怀……151	山花……157
无题（其十二）……151	暑日登山……158
茂陵怀古……151	大雨……158

对景赋情	158	登山顶遇雨	165
钱塘江大潮诗	159	清晨望远	166
观览	159	怀古诗（其三）	166
闺怨（其二）	159	报国	166
登顶	160	无题（其十六）	166
无题（其十四）	160	难觅知音	167
无题（其十五）	161	日暮	167
览景书怀（其二）	161	愁	167
垂老歌（其二）	161	思昔日	168
春日公园	161	晨出观雪景	168
秋野拾趣（其一）	162	雾霾（其二）	168
秋野拾趣（其二）	162	远眺	169
相思曲（其三）	162	闲步（其二）	169
怀古绝句	162	结果	169
相思（其三）	163	攀登	169
宠物狗	163	迎春词	169
冬日晨景	163	春曲	170
雪日野景	163	梦圆华夏	170
晨练遇雨	163	落日桥头	170
麻雀	164	秦岭感怀	171
送客（其二）	164	秦岭抒情	171
缺题	164	修水黄龙山书怀	171
绣户	164	庐山感怀	172
过柳楼	164	题五女峰溪水图	172
读离骚	165	春城感怀	172
登澄海楼诗	165	雨晴小景诗	172
故乡	165	野景小诗	172
冬日诗	165	品茗	173

侵权	173	带病诗翁	180
夏季书怀	173	牡丹	180
雨里	174	趣味人生	181
应《浪淘沙·北戴河》题	174	暑夜诗	181
春游	175	雨霁晨游	181
蜀地游	175	所见	181
恋爱	175	七夕	182
劝世	175	麻将	182
引爆	176	羁旅	182
租房	176	暮秋情	183
武松（古绝）	176	新春	183
鲁智深（古绝）	176	闲题	183
世事	176	拍照	183
无题（其十七）	177	酷暑	184
闺思（其二）	177	暑夜	184
野游趣题	177	登山顶	184
三沙咏	177	病出	184
三沙赞歌	178	伫野	184
合欢花	178	悼念评书艺术家单田芳	185
野峪行	178	踏野有句	185
万物有情	178	秋日对景	185
答谢诗赛邀请	179	有句	185
贪景	179	武曌	186
感冒	179	读《三国演义》	186
哀邻家丧事	179	盛夏趣题	186
参天古木	179	故乡醉歌	186
登顶	180	步出	186
笼烟	180	村院小诗	187

故园	187	游山寺	193
百年	187	无题	193
忽思	187	无题	194
意何如	187	无题	194
肠断	188	无题	194
车驶	188	无题	194
老迈	188	斗瘟诗	195
秋尽	188		

词

缅怀	189		
画景	189	画堂春・望窗外	198
暮秋书怀	189	画堂春（赏花扶翠绕红楼）	198
登高远望	189	画堂春（袭窗雷雨密连城）	198
早行	190	画堂春（翠偎粉簇笼香云）	198
野景小诗	190	蝶恋花（返照蔚霞花树影）	198
长江	190	蝶恋花（花里墙衣粘露涩）	199
金秋写景	190	蝶恋花（蜀地风竹斜照曲）	199
竹枝词	190	蝶恋花（杨柳浓荫消溽暑）	199
春	191	蝶恋花（物是人非流水逝）	199
春日公园	191	蝶恋花（秋雨楼窗琴瑟奏）	200
临冬	191	蝶恋花（羁旅天涯烦恼捡）	200
老年心	191	点绛唇（叶底藏花）	200
秋夜城景	191	点绛唇（画苑楼台）	200
乐逍遥曲	192	菩萨蛮（群峰竞秀云霄插）	201
书怀	192	菩萨蛮（半山窈窕拂云看）	201
相思歌	192	菩萨蛮（槐街柳巷连楼院）	201
重阳题句	192	鹧鸪天（受日槐林顾野深）	201
望海楼远眺	193	鹧鸪天（树底行翁悦鸟歌）	202
无题	193	鹧鸪天（回首旧游一梦中）	202

鹧鸪天（雀飞车铲动迁楼）……… 202	青玉案（翁随蝶舞花前扭）……… 208
鹧鸪天（碧水带花林绕山）……… 202	青玉案（吟鞭甩却愁云雾）……… 208
鹧鸪天（金雀朝翁媚眼抛）……… 202	青玉案（楼旋霓彩池横练）……… 208
卜算子（霞帔饰红楼）………… 203	青玉案·苏轼…………………… 209
卜算子（紫雾锁危楼）………… 203	青玉案（云峦倒影摇溪日）……… 209
卜算子（江凹练波溶）………… 203	虞美人（秋汀鸥鹭飞屏嶂）……… 209
卜算子（庄子梦蝴蝶）………… 203	虞美人（路车远望随楼尽）……… 209
卜算子（男女手机拿）………… 203	虞美人（蹒跚步履家鹅效）……… 209
忆江南（鸳鸯侣）……………… 204	虞美人（销愁最好游山水）……… 210
忆江南·婚旅…………………… 204	虞美人（月楼桃蕊羞花影）……… 210
忆江南（天溶水）……………… 204	鹊桥仙（花间璧月）…………… 210
忆江南（幽篁月）……………… 204	鹊桥仙（春花秋月）…………… 210
浣溪沙（曲巷遥连垄首云）……… 204	鹊桥仙（倩秋归未）…………… 210
浣溪沙（老展宏图恐未能）……… 204	鹊桥仙（霞跌飞絮）…………… 211
浣溪沙（碧水戛然促落晖）……… 205	鹊桥仙（勾勾情看）…………… 211
浣溪沙（景致撩人锦不如）……… 205	南乡子（秋尾未闻蝉）………… 211
浣溪沙（柳絮蒙蒙漫野津）……… 205	南乡子（天女散花时）………… 211
渔家傲（病酒恹恹失梦寐）……… 205	南乡子（犟眼臭婆娘）………… 212
渔家傲（愁绪偏多人老迈）……… 206	南乡子（梅蕊玉脂香）………… 212
渔家傲（傲岸性情超沈陆）……… 206	南乡子（烦恼几时抛）………… 212
渔家傲（锦榻神游攀蜀道）……… 206	生查子（叶飘巴蜀秋）………… 212
渔家傲（岩伸绝壁如鹰嘴）……… 206	生查子（暮秋诗赋成）………… 213
木兰花（谁识市井壶翁趣）……… 207	生查子（相约明月园）………… 213
木兰花（衰年病鬼弹冠庆）……… 207	生查子（病魔箍脑凶）………… 213
木兰花（暮秋落叶山容瘦）……… 207	忆秦娥（郊峦伫）……………… 213
木兰花·李清照………………… 207	忆秦娥（春依旧）……………… 213
木兰花·柳永…………………… 207	忆秦娥（拿云手）……………… 214
木兰花·吕四娘………………… 208	忆秦娥（金丝雀）……………… 214

忆秦娥（寒林雪）……………214	夜游宫（衣落红花簌簌）………221
小重山（灯下填词观美人）……214	江城子（山拔巨力倚苍穹）……221
小重山（美在城街傲五侯）……215	江城子（楼台落叶作蝶飞）……221
小重山（师教倾心昼夜忙）……215	江城子（入冬节气北风寒）……221
小重山（世事萦怀沟壑多）……215	江城子（树梢花鸟斗春衣）……222
一剪梅（朗日车流楼厦城）……215	江城子（流星赶月过雕镂）……222
一剪梅（粉瓣帖额立翠轩）……216	渔歌子（灯焕楼林敞玉绳）……222
一剪梅（月转回廊粉藕秋）……216	渔歌子（竹影摇红嫩蕊春）……222
一剪梅（闷踏青山华岳巅）……216	渔歌子（巷柳披霜带雀垂）……222
一剪梅（郡野残秋落叶黄）……216	渔歌子（野卉输华展锦章）……223
浣溪沙（星坠山前杨柳堤）……217	如梦令（月色玲珑花地）……223
浣溪沙（曲巷繁花璧月辉）……217	如梦令（玉露坠珠芳蒂）……223
浣溪沙（牵狗女郎迎日姝）……217	如梦令（杯酒良宵沉醉）……223
浣溪沙（夜色朦胧蜀壑佳）……217	如梦令（雾绕溪桥林涧）……223
采桑子·合欢树……………………217	相见欢（荡胸峻岭层云）………224
采桑子（绿衣粉面农楼院）……218	相见欢（箭波千里平堤）………224
采桑子（少年男女轻盈步）……218	相见欢（恼人腊月寒威）………224
采桑子（云中山木萧萧落）……218	相见欢·夫妻情…………………224
采桑子（叶铺檀径劳风寻）……218	太常引（慧黠媚眼蕴芳魂）……224
踏莎行（风抚藤花）……………219	太常引（晨街玉树饰楼台）……225
踏莎行（收获时节）……………219	太常引（雪人堆就笑嬉童）……225
踏莎行（古刹钟声）……………219	太常引（城楼晓雪覆红霞）……225
踏莎行（村柳筛阳）……………219	太常引（撒花雪树舞东风）……225
踏莎行（鸟露秋蒿）……………220	破阵子（岁月消磨壮志）………225
夜游宫（赋就乔林芳草）………220	破阵子（乳雾吞食岭旭）………226
夜游宫（园日镶金玉树）………220	破阵子（笔触直击岱岳）………226
夜游宫（摘藻轻舒华翰）………220	破阵子（峭壁如削惵魄）………226
夜游宫（谁晓渔翁野趣）………220	破阵子（倚枕胸中烦闷）………226

满庭芳（驭鹤升空）……………… 227
满庭芳（台谢歌吹）……………… 227
满庭芳（雀唪回廊）……………… 227
满庭芳·诸葛亮…………………… 228
满庭芳（葭水揉兰）……………… 228
水调歌头（屏嶂俯城翠）………… 228
水调歌头（莺啭傍楼柳）………… 229
水调歌头（雪被寝花卉）………… 229
水调歌头（槐巷绕城宇）………… 229
水调歌头（俏脸照溪镜）………… 229
汉宫春（旖旎咸春）……………… 230
菩萨蛮（痴情妻怨花心汉）……… 230
汉宫春（柏老成翁）……………… 230
汉宫春（鲛室掀翻）……………… 230
汉宫春（市镇祁寒）……………… 231
汉宫春（宿雪冰晨）……………… 231
扬州慢（花弹楼栏）……………… 231
扬州慢（杨柳拖烟）……………… 232
扬州慢（莺语如簧）……………… 232
扬州慢（都市曦山）……………… 232

扬州慢（冰雪城郭）……………… 233
沁园春（国厦通衢）……………… 233
沁园春·李商隐…………………… 233
沁园春·杜牧……………………… 234
沁园春·陆游……………………… 234
沁园春·刘禹锡…………………… 234
满江红（老朽愚顽）……………… 235
满江红（职供京畿）……………… 235
满江红（锦簇花团）……………… 235
满江红（象齿焚身）……………… 235
满江红·涿县书怀………………… 236
念奴娇（翠增山色）……………… 236
念奴娇·雪………………………… 236
念奴娇（朝暾树挂）……………… 237
念奴娇·千山记游………………… 237
念奴娇（苍旻河汉）……………… 237
摊破浣溪沙（朱夏晴光丝雨无）… 238
木兰花（山拥万树云端长）……… 238

后记………………………………… 239

古体诗

新时代颂

日映鲜花红满城，翠簇甲第拥千峰。
车轿连璧楼街靓，霓檐磨云商厦宏。
歌彻宇宙国政颂，千秋丕业筑梦雄。
置身崭新新时代，热泪沾臆傲朽翁。
打虎扑蝇扼腐败，颠危始知筹策明。
魔窟板荡魔鬼剪，经岁鏖战何峥嵘。
赏兰深感党风淳，傍松倍觉官气清。
根溯尧舜画华域，理遵马列扬征旌。
大鹏擘海风云际，巨龙腾空造化中。
国富民康鼎盛世，甚怪霸独贼眼疯。
翁老喜看国疆固，倚天干将镇寰瀛。
改革递进深水区，丝路纽带众手擎。
万国冠冕争瞩目，使臂使指掣雷霆。
舵手掌舵红船驶，社稷团队汇精英。
偏有浊水地沟淌，拜金漂洋笑影星。
天价片酬贪欲辈，会馆坐赃洗牌亨。
翁言敝微草木贱，问彼咋面英烈灵。
美景瑞兆鹊登枝，妙曲回廊伫柳亭。
日丽中天山河阔，翁拟陟楼最高层。

送春（其一）

落花流水春暗渡，烟织绿芜斜阳暮。
诚斋❶故园总多情，翁踏溪桥芳草路。
林鸟巧弄羌笛声，山蝶热旋羽衣舞。
粉妆香减玉肌梅，翠饰美眉杨柳木。
往事空吟送春归，镜照白发一何速。
性耿难与世俗合，踽踽榛径陶公步。
眼前景物旧相亲，烦恼冰释知何故。

注：❶诚斋：杨万里号诚斋。他的诗歌学自江西诗派，最后摆脱前人的束缚自成一家，称为诚斋体。

春 深

杨柳抱日添春碧，飞禽掠波破霞绡。
驼翁夕堤龟步懒，倒惹巴狗撇嘴瞧。
翁眯笑眼转褶面，软红偎翠撩锦袍。
药蕊夭成董娇娆❶，粉坠香脂颦倩桃。
万物春深拼风流，翁病挺赴青帝邀。
李杜能有吾乐否，三闾国殇投湘涛。
赏心趣事身侧满，风笛声中度画桥。
回眸巴狗颔首赞，缘翁正攀蒿丘腰。

注：❶董娇娆：女子名，疑是古时的著名歌姬。在后来的唐人诗中多作为美女典故用。

晨 练

楼槐晕日红，绿荫晨练路。
脑梗男女拐，妪翁牵狗顾。
柳坪翠华满，药圃馨香吐。
色敷朱粉葩，光鉴紫霞露。
吾诚病骸夫，入伙举囊步。
孔淳❶相同否，矗天仰铜柱。
生死安宿命，江河东流注。
腼颜芥末老，物欲趋若鹜。
韩信终佑汉，飞熊仕迟暮。
壮怀健尤烈，何况城景酷。
引颈恋畴昔，挺膂纵蒿目。

注：❶孔淳：隐士孔淳之，字彦深，山东人。一生喜好山水，每到一处游历，必定穷尽其幽峻，往往旬日忘归。

锦苑秋

楼簇蝶兰玳瑁斑，落荷蜻蜓琥珀悬。
湖荡山影琉璃碧，云饰苍穹景泰蓝。
翁趣满满锦苑秋，鸣蝈秀鼓大肚腩。
画眉叶隙挤眉眼，柳枝佩日蘸波圆。
景物携歌华丽演，莫道日月损流年。
鸳鸯双栖连理树，翁陪老妻登画船。
纵情欢会乐无央，人来自然返自然。

闲题（其一）

松柏影中云峦色，芰荷风里燕语声。
心绪烦乱管弦促，谁晓子猷❶坐愁城。
野桥跨水披烟立，苇荡溶日倒碧峰。
曲水流觞兰亭醉，冰雪怀抱向人倾。
娇娃朱唇时装艳，瞧翁花前老鸪形。
世事唯愿安情愫，蜂蝶争蜜闹珍丛。
芳园催俺觅柳莺。

注： ❶子猷：王徽之，字子猷，东晋名士、书法家，书圣王羲之第五子。曾历任车骑参军、大司马参军、黄门侍郎，但生性高傲，放诞不羁，后来索性辞官，住在山阴（今浙江省绍兴市）。其书法有"徽之得其（王羲之）势"的评价，后世传帖《承嫂病不减帖》《新月帖》等。

笑如嫣

果若点漆紫欲绽，荒滩白鹤飞碧天。
朱梗近蔓芄兰玉，翠柳远岛彩曛盘。
往事浮云空万古，仙境踏履离市廛。
林色扑怀颐神老，少昊行秋忙川峦。
旷野浩歌扶筇望，寰宇几处冒烽烟。
悲彼废墟血泪流，慰我乐土磐石坚。
风叶似摇班姬扇，杜鹃莫奏蜀国弦。
病魔快遁扶桑去，翁美绿陂笑如嫣。

慰迟暮

歌似珍珠击珊瑚,舞若龙凤盘云耆。
听歌随莺风情合,观舞逐蝶春意储。
翁卖鸭嗓配鸭步,非驴非马管弦促。
声亚裂纨惊飞禽,瑟瑟叶动如振素。
康富家国葳蕤园,苍眉癯脸翡翠木。
花柳熏日佳客多,翁羞形秽时自顾。
身遁芳径笑蔷薇,手扶楼栏拭泪目。
远瞩茫茫东逝水,鹄立苍穹竟何故。
还踅人堆乐加加,坐轩赏景慰迟暮。

归　路

少年几时川原上,芳草萋萋送归客。
桃源绵邈富丽春,绿隐邃殿沃野色。
王粲登楼行经处,乌噪古木曾巢鹤。
云路羸翁拊膺叹,济世纵死赴万壑。
举鼎绝膑力不堪,兰熏桂馥国英策。
秦镜照影气犹壮,残躯白鬓映花萼。

城郊行（其一）

屋脊斑鸠啼桦木，青麦黄花入蝶深。
红映寥廓村店杏，无雨杜牧何苫临。
芳草沁肺遮古道，远翠横郭隔水岑。
熟睹玫瑰鲛丝细，宫妆映脸妩媚春。
西景雯蔚慕飞鸟，白首对月曾参❶身。
百年旅程空自老，宦海沉浮落拓人。
扶筇缓步倚危桥，破涕一笑踏风尘。
默咏平子《归田赋》❷，画览菁林坐锦茵。

注：❶曾参：曾子，名参，字子舆，春秋末年鲁国南武城人（山东嘉祥县）。曾子是孔子的晚期弟子之一，与其父曾点同师孔子，是儒家学派的重要代表人物。曾子主张以孝恕忠信为核心的儒家思想。❷平子《归田赋》：张衡（78—139年），东汉文学家、科学家，字平子，《归田赋》是张衡的代表作之一。

出　游

雨晴草色连天碧，日染西山一角云。
对景钟憬翁却老，屋坐枯株残烛心。
石湖蜩鸣斜桥柳，篱园蝶舞三径门。
信脚杖藜点熟路，谁是千秋梦醒人。
倒衔楼影风荷水，常踞郊野鸟雀林。
转埂湿露扪萝思，沁芳薜荔齅鼻闻。
体衰怕堕痴呆症，挥袂攒劲运诗魂。

愁　绪

愁绪蒿渚拨不平,微雨何处梵林钟。
云收翠岫兰亭午,秋染红枫松壑空。
韶光偷渡萧萧叶,鬓华尽销楚楚风。
炫玉贾石世所恶,明珠弹雀吾未能。
矜立江湖一鄙夫,呆望草木自枯荣。
垂藤缀花粉黛泪,簇崖凌云苍柏情。
遗瓦笼烟泯秦苑,野鸟啼枝卧汉陵。
古今缅怀骚歌赋,归路还聆林籁声。

乱　吟

飘落春红地锦污,鸟翎夕阳雨后多。
山蹙蛾眉愁无那,和水卧野护城郭。
渠风吹浓杜鹃血,巧饰篱园翡翠萝。
玉兰俏簇比香妃❶,美色扎堆君应酡。
翁踏芳原黄昏嗟,绡霞润彩照罗锅。
悃愊无华真宰露,兰因絮果焉得说。
垂泣莺莺❷立西厢,情揉风花柔肠磨。
莫问衰翁流老泪,人心物态易着魔。

注:❶香妃:传说中的香妃原型是乾隆帝妃子容妃。容妃,霍卓氏(又作和卓氏),维吾尔族人。❷莺莺:崔莺莺,小说、戏剧中的人物,最早出现于唐代元稹的小说《莺莺传》。

晨练有句

团操扇舞闹楼宇，梨园康乐聚翁媪。
老夫喜添军阵数，柳带翠挽播音鸟。
天载万物有常伦，去国明妃妆奁好。
蜂蝶偷香花不语，云缠屏山风月老。
气凌衡岳挥病肘，脚踏地轴视仙岛。
万古骸骨埋土朽，莫怪墙外慕芳草。
土豪贵胄玳瑁宴，影视名星金饰袄。
翁衔国恩衣食丰，玉笛一声尧天晓。
有媪婉转能醉歌，歌逾龟年❶客倾倒。
斯刻感慨暄华日，草丛笑蚂拍绿爪。

注：❶龟年：指李龟年，唐时乐工，善歌，还擅吹筚篥，擅奏羯鼓。

惜 春

云影花气近客衣，万树楼苑落照移。
几处丝管萍水渡，一山横郭紫雾低。
莫讶永叔❶成懒病，自古诗囚个个痴。
柳湖难画环廊翠，榆亭谁吟林籁诗。
跻陂鹊林兰浥露，泛舟燕渚蝶盘溪。
惜春遨游舒病目，乡土滋味老杜知。

注：❶永叔：欧阳修，字永叔，号醉翁，晚号六一居士，吉州永丰（今江西省吉安市永丰县）人，北宋政治家、文学家，在政治上负有盛名。

临景写意（其一）

道旁花草争笑日，树映夏窗曙色新。
林莺唱罢一何碧，如画屏山卧水匀。
休引诗魔向沃野，鹤发鸡皮愧草根。
清襟高台云里放，岭舒愁眉蕴痕深。
满腔热忱委人际，老态龙钟履世尘。
绣景可餐谁为伴，蜂抱花须抿粉唇。
农楼阔院闻犬吠，桑麻疯长绿畴馨。
明眸皓齿今何在，莫做牛山淌泪人❶。

注：❶牛山淌泪人：活用自"牛山泪"。牛山泪，典出《晏子春秋》卷一《内篇谏上·景公登牛山悲去国而死晏子谏》。齐景公登上牛山感到终有一死而悲哀落泪。后遂以"牛山泪"喻为人生短暂而悲叹。

闲逛（其一）

笑览花木出紫陌，垄麦青青草径幽。
白丁脸对俏玫瑰，荣枯几度翡翠丘。
云冠镶日戴巉岫，莺歌乱配抚琴楼。
试向祁暑绿壑望，泱漭林野裹烟稠。
危厦拥城围故国，长河载船渺锦州。
翁老还迈弃繻步，孔明尽瘁终古讴。
寻芳逐胜攀诗峰，何用虚名损白头。

又闲逛

荷摇潭影昳霞山，谷色汀光初景端。
僻径病翁拨草入，松岩卷雾透旭攀。
游兴带醉川壑逸，高歌采薇花陂癫。
旅泊天涯成白首，何故泪落桑梓田。
魏征❶叙怀事戎轩，审言绿野望秦川。
莫道岁月成古往，且将诗酒娱天年。
世事物外茬苒速，名利于我草头露。
挚友星殒年华暮，如何峰巅肺腑吐。
群雄筑梦华夏域，翁竟喘息倚碧树。
摘藻蝌蚪乱水纹，排章黄鹂遁柳林。
苔泉蒿丘熏香顾，鼓腹穿石竟何因。
杜圣逝前名章赋，千古愧疚几多人。

注：❶魏征：唐太宗盛世治国安邦贤臣。

闲 吟

高树鸟歇辽原静，流水生涯逐年衰。
往事空明月照里，歧路参差眼前来。
蛛网挂檐待飞客，苇浮鱼跃荡碧苔。
楼榭偏奏宜春曲，阡陌时露伤景怀。
陈王恣饮宴平乐，岂止畅抒贾宋才。
花落日夕舞回风，蝶归柳絮扇翅埋。
倚杖俯仰天地阔，伯玉❶何故登蓟台。

注：❶伯玉：陈子昂，字伯玉，梓州射洪（今四川省遂宁市射洪县）人，唐代诗人，初唐诗文革新人物之一。

远 游

碧波涌旭曲洳长，鸟道岩泉交野芳。
幽兰小径寻丹洞，落星峰腰隐经房。
女萝扯袖附密树，俏蝶围身迎林塘。
真趣守拙慕陶潜，妙悟垂钓想严光。
津渡亘古傍危岸，俗世沧桑几兴亡。
梵宇[1]漏尽[2]翁老迈，轩冕归梦笑老庄。
回首云雾弥来路，莫非此处是仙乡。

注：[1]梵宇：指佛寺。[2]漏尽：这里指佛教用语。称烦恼为"漏"。佛语中"至三乘的极果，以圣智断尽此种种烦恼，称为'漏尽'"。

览景书意

柳暗池波冲萍碧，郊日云翳漏光亮。
朽木翁心两不言，缥缈绮云青峰傍。
古刹钟磬树杪浮，乐睹沃野何其旷。
飞琼[1]飘飘下玉京，葛洪[2]偏在罗浮望。
钟情柳絮围身旋，无意风荷带香晃。
莫道凤苑有蛇蝎，天价片酬谁揖让。
翁本山野一鄙夫，环顾林禾葳蕤壮。
愿借沧海一瓢水，来洗轩鹤[3]龌龊相。
阴霭浸憋兰蕙肌，物欲蠕虫拱世状。
人生戏剧演千载，翁老犹能层巅上。

注：[1]飞琼：指传说中的仙女，是西王母身边的侍女。[2]葛洪：东晋著名医药学家，字稚川，自号抱朴子，晋丹阳郡（今江苏句容）人。三国方士葛玄之侄孙，世称小仙翁。他曾受封为关内侯，后隐居罗浮山炼丹。[3]轩鹤：成语出自"轩鹤冠猴"，比喻滥厕禄位、虚有其表、贪腐的人。

踏野（其一）

携杖还咏平子❶赋，鸟坠山烟野兴长。
曲岸林田升天日，落花流水一溪香。
身世已随年华尽，河山带砺固其常。
蛙鼓声逐莲叶动，杨柳风拨岚纱扬。
皮囊包容宇宙气，骨骸欲抛吊周唐。
子安❷夜坐抱琴吟，王粲❸登楼色凄凉。
长洲远眺鸿洞雄，吾何扔杖睨睥狂。
国绥浩歌对宿旧，马列再世筹策良。
万国仰慕华夏龙，翁感党恩泪流裳。

注：❶平子：东汉辞赋大家张衡字平子。❷子安：唐代著名诗人王勃，字子安，绛州龙门（今山西河津）人。❸王粲：东汉末年文学家，"建安七子"之一，太尉王龚曾孙、司空王畅之孙。

垂老歌（其一）

春草冒绿桃苞小，东风洒面丽日好。
摽梅❶姮娥粉妆来，拄杖伏胜皱脸老。
气贯长虹华韶日，蓟燕巴蜀纵骏骥。
岁月蹉跎成白首，五岳峰巅谁垂翼。
病叟堆中一鲁儒，弓背塌腰眼模糊。
踏青知俏搔潘鬓，悦今抚昔捋张胡。
此生已矣红颜慕，还赏三春锦不如。

注：❶摽梅：指未能成婚的适婚女子。

走　圈

隔河乡邑烟花满，宿雨芳晨树鸟啼。
走圈老朽莎草踏，葛洪不见云阙期。
波月脉脉慵媚脸，松岭依依傍柳堤。
霞铺彩画索题诗，蝶展娇姿邀舞迷。
甚怪山简❶高阳❷饮，耽酒老杜呼为师。
因之强身迈病腿，脑瘫心梗死晚矣。
香泛锦甸转皓首，风悠玉树摇瘦臂。
福寿老天巧安排，列冢累累北邙地。
诗成霞褪吾何憾，人生旅途本无蒂。

注：❶山简：字季伦，西晋末年，都督荆、湘、交、广四州诸军事，镇守襄阳。当时战乱不断，他却悠闲度日，沉迷在酒中。❷高阳：指高阳池，本名习家池，是汉侍中习郁的养鱼池，也是一处游乐胜地。山简每到这里，常大醉而归，曾说"此是我高阳池也"，由此改名高阳池。山简这话是以"高阳酒徒"自命。

清明祭

清明祭祀日，乡邑车若河。
列墓松岫陂，共登山之阿。
万世悲薤露，林岭郁嵯峨。
考妣奉严慈，德崇紫微合。
果品供冥界，幽会梦几何。
三才信崇替，四象互通辙。
智者驭龙媒，愚者坠诱罟。
临碑窈天祝，懿亲春晖歌。

游春闲题

一路桃花云锦城，楼园丽日杨柳风。
青春添情愁自老，紫燕穿林岁时同。
闹市车挤轩冕客，僻径杖扶洗耳翁。
横郭山环负翠扭，入云河床带碧弓。
世谐街迈康乐步，俗洽岸露秾华容。
告慰文姬地府女，远吊怀沙汨罗灵。
盘古迄今历万载，荒时暴月几衰兴。
缅怀莫滴杨朱泪❶，箐林映水爽目青。

注：❶杨朱泪：谓在十字路口错走半步，到觉悟时就已经差之千里了，杨朱为此而哭泣。后常引作典故，用"杨朱泪"来表达对世道崎岖、担心误入歧途的感伤忧虑，或在歧路的离情别绪。

写　意

杨柳返青雨雪春，桃花添白泪颊馨。
摄城山势入云雾，插天楼厦披锦深。
寄世襟怀随节变，翁老日晴景色新。
少年增岁纵谈笑，谁晓瑶街病麒麟。
向秀闻笛思旧赋，何处更觅伯牙琴。
诗赛盛宴闹华坤，翁笑扶筇造梵林。
湿岩绒草曙野文，镶玉紫丁饰绿裙。
掠头为伴青峦禽，云峰昂藏峙九垠。
自古壮士多苦心，我竟垂暮填海吟。

山区学童

雾舔山楹访涧户,深谷激浪涌碧川。
动问学友惊骇否,回声震耳荡野山。

览景书怀(其一)

蓁岩宿莽蔚倩秋,石溅珠玉碧水流。
千里玩景霜晨履,万籁风击潘岳头。
林麓苍翠扶云岳,野气鸿洞连斗牛。
秦径臆想燕丹客,极目锦铺散花楼。
壮志天涯马伏波,吾亦挺膺辞故丘。
宏愿展翅飞霄汉,王璨登楼盖有由。
报国情怀祖辈继,工余逸兴傲九州。

览景写意(其一)

麻姑俏立玉芙蓉,雨霁烟柳晚曛中。
连山积翠东皋处,叠锦千里蔚霞红。
楼甍雀喧乱诗绪,偏有雪芦扑画屏。
误我妙悟整一帧,齐飞云叶挂彩虹。
仙姬盼顾寻谁语,爱美莫过痴秋翁。
喘息芳菲蹒跚步,仰视李杜万古雄。
凤麟制胶咋续弦,卿指天梯转珍丛。
翁性钝顿草木质,草鞋没号野鸡名。
腼颜远望浮空水,怆然流涕落蒿蓬。

秋景书怀

萧萧木叶落江波，苍苍山野晴旻日。
寂寂黍岗仁病叟，漠漠情怀花露地。
采药寻仙海路赊，隐箕矶钓物外弃。
身佩昆吾[1]干星辰，倚天报国风云系。
高节比竹吾岂敢，微躬劬劳蝼蚁力。
季布涉世远祖学，侯嬴待友成激励。
寸功未立岁月徂，雄心不减伏枥意。
今挥彩笔绘川陆，余息热抛在桑梓。

注：[1] 昆吾：宝剑名。

初春闲逛有思

桃粉柳丝黄金嫩，足踏春光在故乡。
城宇车色汇晓旭，野括千莲云岳长。
智琼[1]托梦嘉平中，翁逛林园美楼亭。
挥袂蝶侣舞佳木，举目梅蕊裹香蜂。
世事纷纭病相如，何处仙翁入玉壶。
行德兴汉天地宽，如鹏擘海赴锦途。
已老难挽江河水，南枝北枝载同轨。
金茎乘露空霄汉，知趣翁迈鸭拽腿。

注：[1] 智琼：仙女名。

公园写意

露叶涵玉摇朱槛，山垂湖影画苑云。
花谢倩桃坠粉雨，蝶度翠轩入柳荫。
曲廊窥沼摄影侣，疏苇戏波鸥鹭群。
诗卷长留碧宇内，腹为箧笥装连帧。
人生苦短年华暮，旧齿凋丧日夕闻。
长乐宫殿安巢鸟，大梁黍茂信陵坟。
强挺病体乜岸椅，锦绣风中不死魂。
青壮健步恣意笑，笑声灌耳逾伤神。
岂啻歌曲奏彩榭，华翰踏歌跳脑门。

游园遐思

草木流泉苔石细，游春松籁含韵清。
鸣凤朝阳腾世纪，翁老林园摹谢公。
桃李花腮粉香溢，莺歌配琴奏雅声。
若缨樱色连城阙，如练水光浮云汀。
携友子平归何处，养拙仲叔客沛终。
闹市华衢缁尘染，瞧翁赢躯傍兰亭。
肚撰有句绿野放，多少遗墨竹帛空。
还盱高名易简辈，昆仑峰顶能飘蓬。
佳景滤怀时一叹，劳生梦想古今同。

游园抒意

啼落花瓣矜树禽，曲廊重阁梅柳春。
野烟笼翠弦歌榭，芳园涂紫锦水曛。
莫悲老病伤伯玉❶，谁携凤侣奏蜀琴。
景昳康乐翁延伫，时清犹惜残暮身。
少壮天涯辞亲故，沐雨曝日涉世深。
濯足临湖睡莲动，洗耳岸听泓龙吟。
游客过我衣楚楚，翁送望眼岭沉沉。
人生愧疚裨世少，拙笔妄投翠华林。

注：❶伯玉：指陈子昂。

雪（其一）

擷扑亿方倒海势，雪疟风饕宇宙吞。
鳞甲乱抛玉龙斗，银河搅翻旷野闻。
谢友挽留归途晚，身卷漩涡唯赞叹。
迷蒙间为回风舞，磅礴顿作绞索旋。
垄满烟摇林舍堡，树圻声啸山寺殿。
万物嘴脸来路留，曾睹云雾日车收。
路石拌成狗啃屎，草棘摔作虎抱头。
白也咏雪大如席，狂絮抛地与天齐。
污尘荡尽旱魃离，冬麦被底酣睡怡。

风雪歌

风雪灌脖赶市场,枝叶奏乐坠乱响。
初为龙吟杨柳梢,旋作虎啸震坊厂。
散花天女云阙散,纺纱织女河岸纺。
灵霄殿满雾凇树,瑶池宫冻鸾凤幌。
层楼暮霭灰蛇蹿,崇厦寰宇玉龙闯。
密集欲吞山林寺,广袤顿失郊野岗。
银绳莫将病翁绑,眼斜嘴歪做畅想。
风刮树倒碰我膀,胳膊权作镏金镗。
梨瓣瀚海白雪歌,雪漫寒江钓翁赏。
恍有精灵自来往,风雪盛宴饕餮爽。
风伯擂鼓雪妹舞,冯夷助兴公鸭嗓。
万事于我何有哉,恨能乘风天界访。
英雄万古俱尘埃,空复云水落霄壤。
路滑腿颤雪地躺,莫笑翁老鼻脸抢。

记 游

兰熏桂馥地,娇容映花立。
彤云染金殿,落照余藤壁。
恋我槐山眉,瞀彼柳湖睇。
西子入芙蓉,飞燕出茉莉。
阆苑情所惬,浮生本无蒂。
骨骸掉渣老,谁能挽青帝。
世俗读鼎鼐,真宰观虫豸。
英雄浪淘尽,千古时一涕。
遨游歇湖轩,还赏鱼虾戏。

自　嘲

颠顶迟暮景，垂翅青冥阔。

学剑指天狼，气冲紫微座。

山鸡舞镜悲，犀牛望月错。

凤阁荟萃瞽，怀璧蹇途惰。

醉舞仲尼袂，笔纵苏黄墨。

感时树佳政，龙骧险峰拓。

胡为翁愣怔，老病脏腑卧。

稷契❶老杜比，季子❷鸡窗坐。

余生事已矣，日熠华岳魄。

劲展斑螯躯，还应专诸诺。

顾我草莽姿，失当废举措。

临渊一瓢饮，当头数鸟过。

蹉跎岁月惜，怀旧泪俱落。

注：❶稷契：为稷和契的并称。稷是后稷，传说他在舜时教人稼穑；契，传说是舜时掌管民治的大臣。❷季子：季札，姬姓，名札，又称公子札、延陵季子、延州来季子、季子，春秋时吴王寿梦第四子，初封于延陵（今丹阳），传为避王位"弃其室而耕"于常州武进焦溪的舜过山下。季札不仅品德高尚，而且是具有远见卓识的政治家和外交家。

病毒歌

病毒变异念魔咒，冰雪酷冬何处凑。
毒液怕掺商纣血，毒嘴啖过妲姬肉。
专视人类为宿敌，棘藜鬼态披甲胄。
碧宇排阵驾烟尘，将山兵海扑户牖。
对翁狞笑攻翁腑，侵城略地都不漏。
封狼生貙貙生羆，歌舞盛宴夜达昼。
毒液散漫孰能忍，使我老脸黄如豆。
莫道此物龌龊小，恐龙灭种难辞咎。

流感未愈强出歌

草雀逆风刀，岁晏冰雪寒。
楼日缩冻胫，杨柳弹僵弦。
环球流感盛，翁病黔驴蔫。
病毒真鬼魅，况仍沉疴缠。
扶杖街间步，皓首悲逝川。
振臂时罔顾，布鼓雷门搬。
云叼林出月，岭阔城笼烟。
岑眺星挂戟，暮厚灯炫天。
脑昏颊踵敛，风物总深谙。

买菜途中

祁寒残冰路，家山瘦如猬。
危厦云表霓，暮城野外晖。
葵藿是平生，苏张安所归。
书著镜湖趣，房开鹿门扉。
人囊龟步迈，周肆金曲为。
朔风吹岭脉，霜气冻地纬。
感冒意不惬，杨柳苦面垂。

医病归途

雪寝黄雾山林带，云翳柏路楼厦城。
苦寒郡野车炫日，长河冰封万里凝。
医讫归途岁云暮，戳面白毛霜草风。
鳌岩突兀似坐鹰，怒目欲攫向碧空。
峻岭盘旋腾蛟龙，惊鹊枯枝摇羽翎。
翁坠病窟腰背疼，金垛撒手都是零。
挪步咧嘴像老熊。

迟暮观景

湖荡星波碧琅玕，柳里楼冒水精盘。
通衢焕彩城宇漫，莲峰翠矗野莽颠。
迟暮独步观窅然，韶光流逝何荏苒。
银彗赶月拽光纤，帝厦灯霓扯霞帘。
搔首白发倚朱栏，鸿洞美景愁壑填。
如何不醉华夏天。

书意（其一）

何事令翁爽歪歪，电信视频罗万象。
牝牡骊黄我愧如，世网情怀落拓壮。
庞公本性富春心，褐衣白头沟壑放。
轩鹤冠猴耻为荣，傅岩磻溪空惆怅。
雄鲸劈浪碧海中，大鹏搏云苍穹上。
此志潇洒送日月，蜀嶂秦岭叠锦障。
涓埃埤益垂暮憾，矍铄老骥伏枥状。
人生苦短怅触深，何用沽名穷殊相。
举酒作歌歌声咽，自古当仁不揖让。
登巅环绕皆培塿，九霄云外翁仰望。

所　思

金马碧鸡山，水月镜花天。
未遑圣境顾，鸾宦魂屡迁。
箕宫鸣紫凤，蓬岛舞彩鸾。
如何梦华胥，不拍洪崖肩？
捴情神游衍，俯仰天地虔。
庐抉鲍照❶眦，湘抚屈平肝。
病榻卧腐儒，盼渡彼岸船。
意气通万古，笔扫逾茫然。

注：❶鲍照：字明远，东海郡（今属山东临沂市兰陵县长城镇）人，南朝宋杰出的文学家、诗人。

临街歌

出屋寒彻骨，无雪风树干。
辽阔新视野，磅礴复古堃。
车色楼城日，湖态亭榭苑。
翁耆感节序，况乃病魔窜。
生涯抵胜景，乐土瑞兆漫。
松展岁暮心，山蕴云天愿。
翁忝追李杜，以蠡测海讪。
彩笔绘华宇，热血浇禹甸。
绸路惠周国，康富殷州县。
海航郑和船，疆扼轩辕剑。
颠簸龙虎会，扶摇鸾凤赞。
举步临街豪，歌罢老抱憾。

园林拾趣

乳燕捉草虫，巢蜂扑花萼。
媚蠹云鬟岑，碧荡画鸪舸。
览兴复嗟叹，老翁柴草色。
多病一旷怀，林庄眇云壑。
忘机禅径伫，美梦桃溪涉。
瑶姬倚杨柳，宓妃歇榕箩。
花容落玉箸，勒令归帝阙。
挪步兰榭间，旧藤换新叶。
悠悠尘世里，谁是杜陵客。

锦苑行

落絮花影浮野翠,廊榭罗景摇兰蕙。
千莲峰尖春隼盘,杨柳湖畔飘粉袂。
珍丛笑靥董娇娆,画亭弈棋耄耋辈。
徜徉锦苑随客流,已朽骸骨欢卒岁。
旖旎景象娱我目,何用虚名攀月桂。
跻峦坐岩风洒衣,茂林幽谷啭鸟喙。
古往圣贤谁缅怀,艳阳芳草熏欲睡。

记 梦

登峰踏云根,苔碑鉴古文。
峭壁撑泰阿[1],浮图动星辰。
岩拢观甍翘,岭俯庙堂焜。
何为箕颍客,醉把阊阖扪。
探法紫微阙,聆音玉女琴。
抒臆灵光储,纵目层楼深。
䂮然匏瓜落,霞彩溅四垠。
惊醒华胥梦,窗月窥锦衾。

注:❶泰阿:中国古代十大名剑之一,是欧冶子和干将两大剑师联手所铸。

学诗圣杜公体三十一韵

午岑倚廖廓，雾崖宫脚幽。
发轫林阁迟，翠簇渚莲秋。
朗日抚野鹤，山溪带墅楼。
俗翁盘虎穴，锡杖龙泉头。
怀友隔参商，思旧碧水流。
蹭蹬百年内，耿介谁与酬。
鼓枻蓬莱渺，跻巘桂殿愁。
曩日巴蜀赴，胆气冲斗牛。
藤萝列帷幄，屏嶂梳云鬟。
坰野酷暑蒸，蚊蝇户牖稠。
蛇脖阶草艳，蟹螯钳沟荑。
建厂挥汗雨，热血奠金瓯。
黄河蹴天浮，长江归海休。
京畿安衽席，梦踏昆仑丘。
巨鲸能掉尾，苍鹰何所投。
研墨假曹陆，摛藻追轼修。
尘埋朱砂泪，诗咏鹦鹉洲。
皓发枯冢近，万古成骷髅。
傍松长叹息，坟典恐难留。
帝京酒酣时，醉眼琼宇讴。
释闷登燕岭，睥睨傲五侯。
今复云岳上，老气横壑沟。
环视轩辕地，麟凤盛世谋。
官廉圣殿坐，吏腐炼狱收。
临歧渊岳峙，祸福概有由。
翁诚一鄙夫，背驼似呆猴。
腿迈陶公步，身着季子裘。
郊野邀数夏，讥做阛阓囚。
青帝金阙怒，青娥霜闺勾。
阇梨期良觌，心旌摇如楸。
懒怠岂却病，终蹈嶙峋游。

读杜甫《望岳》诗戏作

祝融柱天坐南岳，倒影湘波时明灭。
赤帝招手指云梯，身绾彩霞望金阙。
山神颁旨慰杜翁：周武搬鼎史册列。
凤苑龌龊魍魉蹲，华亭鹤唳昭日月。
山势陡峭浮苍翠，望衡九面齐来汇。
紫盖曳日天外横，历尽寒暑岜峣媚。
甫告焚心忧社稷，戎马谙尽烝藜泪。
旆翻幡转映芙蓉，雾笼岚披隐九背。
群仙簇拥魏夫人，恭送客舟挥离袂。

学诗仙李公诗一首

歌入云光韵华流，药圃香扑柳旭楼。
花期人事醉韩寿，谪仙带酒赋倩秋。
迄今催促扶病游，伞叶荡出彩莲舟。
资深美女舞芳丘，蜂蝶为媒兰榭勾。
林霭不尽钟磬寺，乐事纷沓锦绣州。
巍峨莲峰浮远翠，衰翁阅景诗肠累。
尽诒湖水琉璃碧，回出亭花胭脂媚。
国迈巨步展鸿猷，翁我局促耆老废。
廉颇虽老尚多饭，孔明尽瘁为复汉。
盛世鹏程驰骅骝，眼眊足跛东君怨。
且遣辞藻诉款诚，万花丛中叶一片。

晨郊行

朝光散绣户,残月映水弓。
宿鸟池树睇,蝶吮花露红。
故野情易缅,京华望眼中。
渡桥分水态,登垄股肱形。
积翠云山外,诗田霄汉耕。
丝路念张骞,兴国多卧龙。
伟业雄陆海,愧抱商山翁[1]。
林壑杖藜指,锦堆楼厦城。

注: [1] 商山翁:指商山四皓,秦末东园公、绮里季、夏黄公、甪里先生,避秦乱,隐商山,年皆八十有余,须眉皓齿,时称"商山四皓"。

遗 怀

晴烟柳色带郭村,立地书厨属谁人。
村野蒿目长怅望,白屋不改护鼎心。
脚踏丹壑时自醒,墨泼林畴绿氤氲。
嗟吾愚钝渔樵身,还看龙凤翥九垠。
风云捭阖蹈厉际,揽月搏鳌筑梦辰。
人生得意在青春,萤火烛光愧华坤。
老泪蘸笔写胸襟,博士买驴诗肠贫。

义猫行

深山驱车去，居城避暑情。
云壑摞风姨，雾崖锁祝融。
涧豁盱食眼，岩舒宵衣胸。
坐赏林谷暮，落晖照龗嵸。
回车来路惑，妻呼冈石崩。
苍山盘空暗，况闻树枭鸣。
囡扑母怀惧，山魈影憧憧。
烟霭掺烂霞，林端飘彩缯。
傍岸溪水涌，激浪泄云听。
陡然增惊悚，万厄取舍轻。
妻指一山猫，昂首领路行。
五里一招爪，十里一骤停。
皮毛沾溪草，身骨带峦风。
目瞪剧孟义，口呆管鲍诚。
尚思海豚事，救人沧海中。
临别流泪望，恩人遁无踪。

春节感怀

万户备年宴，菜市客擦肩。
翁诚淡泊鸟，恨能扶桑搬。
诡衔窃辔性，崚嶒远古山。
王乔在何处，不语南昌仙。
乡间颢首望，天阙逾渺然。
还被世俗宰，凤凰有涅槃。
地冻抱楼日，春早醒草坛。
谁燃虞舜炮，时响驱瘟鞭。
怕见桃李花，粉面恧苍颜。
晨斑与暮齿，岁华逝碧川。

玄　宗

枯坐冥思思邈邈，昭陵古树咸阳草。
贞观盛世至天宝，紫禁烟花海岱老。
李杨秉权炙手热，庙堂酷似电饭煲。
玄宗变态活炀帝，泾渭颠倒纲纪跑。
践踏人伦真色狼，恨歌❶捧成爱情鸟。
骄奢淫逸昏达旦，养出安妖攫城堡。
贤臣退位良将死，骇古杀戮地腹饱。
玄宗罪骨葬何处，莫让昭陵地府晓。

注：❶恨歌：指白居易传世名篇《长恨歌》。

春节歌

爆竹撒火天庭炸,云炫烟花孔雀尾。
玉帝宝殿正冠慕,看朱成碧华域美。
亿众欢腾龙凤舞,祥瑞普天海岳布。
豪厅家摆玳瑁宴,愿举金杯酬终古。
美政惠民柱史书,甲第连云玄圃图。
草莽野叟带醉歌,老杜地府泪雨注。
不逢盛世色凄凉,更遭兵燹避祸苦。
佳节溯源虞舜否,日月转丸造化窟。
苍生祈福几沧桑,九鼎沉浮哀丝竹。
我歌歌罢老妻歌,声如苍鸾能婆娑。
年景旖旎笑语和,不乐争奈白发何。

流浪狗

侘傺谁家狗,故地朝暮觅。
趑楼癯骨形,出树身带渍。
挨车探头顾,陌客总怵惕。
干屎闻数度,恋主贴还弃。
饿腹枯草日,恶卧冰雪季。
同伴围戏弄,惠养时犹忆。
慕看贵胄彼,噘嘴笑眼睇。
共生天地间,何辄咫尺异。

闲步（其一）

水禽夕浴红蓼晖，丛楼排岸傍翠微。
鸣蝉催翁桑榆度，粼粼碧波紫燕飞。
满目琳琅秋景淑，美鉴更添谢公趣。
妇姑勃溪抛林麓，尽挹江海贮愁绪。
金阙屡现老人星，吾何痼疾若猰貐。
鸭步拽到杨柳湾，花枝媚眼映画栏。
人堆傻笑似济颠，甚日骖鸾游昊天。

沿　路

花展罗琦柳飘带，寓楼返照绘山隈。
河荇水衣碧浮天，白云苍狗镀辉垂。
妻嘱买菜赴菜市，蝴蝶欺老饶翁飞。
伯淳[1]为我春日赋，牧童[2]卧月披蓑睡。
尘世烦恼含笑抛，岂用虚名劳心肺。
张孔隐居徂徕山，翁亦挂杖步履闲。
好鸟间关芙蓉木，美眉婀娜翡翠园。
丰埠林峦知客至，云鬟娈腰霞帔紫。
清滢碧水漂胭脂，平生爱景爱欲死。
归途家有香粳饭，连栋曲巷飞雏燕。
肚拟佳景诗章撰，恒河沙数辞乱窜。

注：[1] 伯淳：程颢，字伯淳，开创新儒学，为宋代理学奠基者。[2] 牧童：指唐朝诗人吕岩创作的一首七言绝句《牧童》。

登 高

松上晴霄挑红日，山倚白云挂瀑流。
鹰目炯炯苍岩视，乔木萧萧翠陂收。
卑枝纠藤疑蛇动，兰若钟声林杪送。
高岸为谷，深谷为陵，碑碣篆满溯古兴。
登高壮观宇寰内，郡野茫茫风云汇。
马齿徒增潘鬓雪，足跰背驼老阛阓。
杂英缤纷道陂陀，杖藜岚草相拨磨。
探幽览胜郁嵯峨，养我山河归山河。

春日抒情

墙外春峦树梢莺，梅蕊傍檐窥帘栊。
日彩涂香缀枝红，蝶翼粘粉舞柳坪。
园风淡荡暖融融，倩谁共赏妙丹青。
杜陵已去谪仙死，笔触怆然甩苍穹。
已观翡翠兰苕上，未掣鲸鱼碧海中。
此生已矣尸乡翁，倩桃含泪媚芸亭。
酒醉书案白玉瓶，老妻嘲我脑瘫虫。
万事尽付形骸外，我何苦绑名利绳。

缅　怀

一番雨余城郭洗，列岫云开窅然碧。
鸰原[1]自古怨参商，富贵不淫我怀璧。
松阴匝地仰皓首，亡魂千里梦寐里。
岁月蹉跎一抔土，谁驭六龙载天日。
郊花照眼娓婳姿，苍崖耸野嶙峋壁。
几多夜雨对床谈，空送长天棣华意。

注：[1]鸰原：《诗·小雅·常棣》："脊令在原，兄弟急难。"郑玄笺："水鸟，而今在原，失其常处，则飞则鸣，求其类，天性也。犹兄弟之于急难。"脊令，也写作"鹡鸰"。后因以"鸰原"谓兄弟友爱。

春日行

遂性蹴鞠哂汲黯[1]，泼墨淋漓贾宋文。
鸰鹈叶隙羽翩剔，翁踏芳草绿茵晨。
画开花柳楼台丽，天合园林沃野馨。
世态物情龙壤盛，帝厦商街故城新。
轿车多如碧海鳞，挎包金饰看美唇。
一串骊珠弦曲闻，唐宗宋祖叹晴雯。
词源倒泻三江水，始绘妙境一瓯春。
放浪形骸病魔侵，去日已近黯老魂。
洒泪皱脸嘴复吞，八极蒸腾跃龙麟。
投杖欲骞无绮翼，嗟尔千秋万代人。

注：[1]汲黯：西汉名臣，字长孺。

自 况

拙荆刷屏馋夫君，笑靥惊绽老树花。
百年旅程只转瞬，历史长河总无涯。
手机妙趣倾陆海，我何视屏瞳仁麻。
黄帝眷顾授内经，蹴足探赜病魔城。
得窥宇宙泱奥理，终沐老庄恬澹风。
困翩投林餐秀色，朽鳞泋水娱鲛宫。
药助阮巷长歌逸，乐谱琴台雅音细。
甩袖不辨网络声，移履人在花月地。
拙荆转眸回飞吻，余年剩几扶桑日。

秋日览景（其一）

客星天外坠，斑羽守旧柯。
玉萼栖蝶叶，楼园炫日车。
躯衰乌龟慢，杖策指丘河。
物役耆年尽，垂暮望秋棵。
虚拟葛洪愿，嘴笨苏张舌。
习池风流远，金谷石崇奢。
览景怀故友，登岑慰镆铘。
莫滴岘山泪，穰苴❶笑如何。

注：❶穰苴：田穰苴（生卒不详），春秋末期齐国军事家，因功封大司马，又称司马穰苴。

相思曲（其一）

雾隐参差城郊树，拂云林岳俯晴川。
雁背峡日古津渡，桑梓怅望梦寐边。
水载离愁穿千谷，崇岳摩天乃万盘。
除夜有感念礼山❶，吾亦擎杯敬月仙。
青陵古台曾照否，连理枝头鸳鸯鸟。
望夫山上化妇石，花为娇容裙为草。
海枯石烂情不移，云路迢递形骸老。
和泪写成相思笺，欲寄又拆何时了。

注：❶礼山：崔涂，字礼山，今浙江富春江一带人。唐僖宗光启四年（888年）进士。其诗多以漂泊生活为题材，情调苍凉。《全唐诗》存其诗一卷。

郊甸遗怀

花团锦簇郊甸春，白发诗翁固病魂。
红颜踏青他朗笑，美景鹄面我伤神。
草舐玉露秀芳陌，山沐金辉理鬓云。
莫怪客觅桃花水，飞桥野烟促问津。
生涯尽付廖廓外，踯躅林莽雾峪深。
招我转瞬树梢禽，劲羽掩映碧溪文。
豁胸风襟峦日暮，调肝苔泉绿绮琴。
回眸城宇烟霾合，谁晓耄耋残蜡心。

冰路行

冰雪北国冬，朔风号杨柳。
威逼羲和车，寒冻天帝肘。
脚滑冰棱路，骨酥杖藜抖。
野旷林岳峭，雪白文翁丑。
物理递盛衰，倚杖感慨久。
玉台彩云里，凤阙岁月朽。
沮丧诚懦夫，万古立梗叟。
眼望瓦雀飞，挺膂獬豸走。

赞　歌

国势世纪壮，铁腕荡腐朽。
喜笼山河阔，傲寄苍穹久。
吾衰岁月徂，揩泪昂皓首。
众奋愚公力，谁挥巨擘手。
秉权马列拓，壮举踏牛斗。
恐惧霸恐狼，哭泣叛独狗。
锦里老翁望，城厦翳杨柳。
康富盘古梦，终为庶民有。

述意（其一）

日溶冰雪春，不盼翠华夏。
甫赋饮八仙，翁咏酡颜挂。
风物乘白驹，谁能箕尾跨。
水镜甘泊没，陶朱披贾褂。
云娴横郭山，城阔饰玉厦。
草萌瞧地表，怀友思悬榻❶。
风吹众鸟散，峰耸苍穹大。
硕儒俱卓跞，微躯榛丛蚂。
金匮游历憾，骥老沉疴压。
茫茫瀚海梦，脉脉南岛姹。
跬步昧生理，惬意金瓯画。
壮志岂颓废，潸然热泪下。
扬雄弃雕虫，风雅金闺嫁。
曩日登帝阙，丹陛尘履踏。
想象龙凤威，御座泯圣驾。
职调巴蜀域，岳插天衢罅。
崚嶒蜀道险，连岭林壑迓。
黄河蹴天浮，长江叠浪炸。
快哉版图雄，脸笑勾魂怕。
诗仙山川绘，诗圣湖海纳。
藻铺旷古章，风云闻叱咤。
薪传归吾否，翁支草木架。
偃蹇问沈宋，妻递香罗帕。
出郭企望久，云路覆浈汊。

注：❶ 悬榻："悬榻留宾"出自《后汉书·徐稚传》，意为把平日悬起的床放下来，留客人住下。比喻对客人以礼相待，格外尊敬。

婚旅四十五韵

楼影泛萍波，岸柳漏湖阳。
锦春城宇丽，梅榭画桥香。
婚旅美南国，携凤青莲狂。
帝都金陵古，南岳楚昊长。
跂望云梦泽，不得穷潇湘。
蜜月情如海，月老笑颠床。
偎腮羞桃李，揽腰妒柳杨。
神慕苍梧帝，情断湘妃肠。
继登逆航轮，凭舷俯大江。
排浪兼天涌，岸远眇云庄。
燕子矶缅怀，洒泪登顶郎。
岸觅刘郎浦，龙凤妙呈祥。
霾夜星月失，朔风鸥绕翔。
似闻鲛人歌，鱼鼋列俏行。
骊龙已吐珠，冯夷鼓槌扬。
不辨渔灯闪，但觉神灵忙。
人生贵一跞，真宰意渺茫。
翌日三峡眺，神女披霞裳。
莫怪粉黛恨，云雨误高唐。
错翠峡门进，峻岭松岩镶。
势骇俗客目，涛窥天阙窗。
紧握妻柔荑，浪花溅脸庞。
陡峭壁如削，绵邈谷雾黄。
栈道筑云根，山脊鸟兽藏。

回顾中转地，武汉逛鸳鸯。
水陆巨埠丰，苑日射殿堂。
高厦通衢逛，历朝数兴亡。
吴头与楚尾，连江埼岸长。
轮渡江水面，箭波浩瀚壮。
胸襟荡晨雾，心飞霄汉上。
赤壁惜俄顷，古垒泯火艎。
啼猿今何在，千里咏绝唱。
斯刻诗潮滚，有作成一囊。
客轮顶浪驶，缅怀时一旷。
巫峡展秀颐，西陵锦屏张。
悲昔滟滪堆，瞿塘摩空苍。
胆怯林麓声，俊赏泉石章。
诸葛阵图渺，跃马何帝王。
浪淘英雄尽，天堑岂金汤。
感旧增叹惋，喜今九裔昌。
丹庙白帝旸，临岸吊蜀皇。
君臣此聚会，雄图化祭堂。
汩汩入嘉陵，郁郁林雾乡。
船客俱踊跃，渝城遥相望。
回首青黛水，舳舻浴曦航。

行　吟

北地渐阳和，春意待冰雪。
雀族鼓翅唳，翁病颜似铁。
体物张邴❶合，取道严郑❷辙。
万树笼烟楼，千岩盘云岳。
吾甘菽水餐，阔佬爱丙穴。
举步邻里逢，宿老多冥灭。
苍穹抱高城，商贾围画榭。
颖客养幽姿，隐者自愉悦。

注：❶张邴：汉张良和邴汉的并称。二人均弃官归隐。❷严郑：汉隐士严君平、郑子真的并称。

春景游

云帕拭日落景红，塔裏霞光玉玲珑。
池映楼台叠锦动，花簇林峦粉香浓。
拐杖击节白首歌，彩蝶蜜蜂舞珍丛。
树鸟奏琴仙境融，如何不乐耄耋翁。
莲峰娇娆展翠屏，碧水荡漾坐柳亭。
国势连宇慑魑魅，绸路纽带惠友朋。
周武汉帝领首称，吕尚孔明联袂颂。
翁喜勿悲夕阳暮，盛世腾龙筑凤梦。
时景世事连璧美，跨波攀岩襟抱送。
延赏销愁倚萝幌，余兴未尽仁青磴。

城郊行（其二）

熙春冰雪销，赢翁周景逛。
拟挥仲舒袂，终露庄周状。
天教轻轩冕，地育土石相。
学杜鸿儒愧，参禅阇梨忘。
莲峰拥云逸，畴野纵路旷。
林塘溶日清，楼厦披烟壮。
体物悟生理，病绪山壑放。
迟暮万载心，临风颇惆怅。
生计感党恩，肌体气凋丧。
大洲逐鹰鹫，海航驾高浪。
世纪争雄际，朽骨崇岳上。
斫丧四道墙，富贵谁揖让。
鸦嗓强高歌，歌罢泪盈眶。

早春行吟

行止随所遇，楼林翳朝暾。
过轿似排卿，城衢入野云。
老躯日衰败，敞襟非隐沦。
市井猫何沈，杏坛傲苏辛。
金闺列翘楚，鹦鹉待国桢。
杖藜作铁骊，诗海钓绯唇。
天碧蜇龙醒，风和地轴温。
裕华望眼满，临峦怅触深。

冰陌有思

白雪知春田园覆,檐溜蕴阳垂珠帘。
携侣雀飞初萌树,锦城楼厦傍云峦。
骤闻霍金巨星殒,玉宇探赜谁补填。
伫立冰陌思预言,星系光年宇航难。
存亡铁律有九泉,转眼绮春百花妍,
我何杞人自忧天。

游千山登五佛顶

我家千莲云绕山,丁仙骑鹤下九天。
贞观天子曾驻马,清帝墨宝抛龙泉。
遨游不减王刘兴,五佛邀翁雨雾巅。
太白峨眉期仙缘,吾登云梯觑伽蓝。
香烟缥缈林杪岳,乌云翻滚沃野川。
天际隐约渤澥砚,客踏天庭俯尘寰。
锡飞[1]杯渡[2]邈难攀,丁仙遥指紫芝田。
斧剁峭壁肝胆寒,群峰腾掷涌波澜。
钟磬似传紫竹林,金殿画阁幻梦间。

注:[1]锡飞:指僧人出行。[2]杯渡:晋宋时僧人,不知姓名。传说其常乘木杯渡水,故以"杯渡"为名。事见南朝梁慧皎《高僧传·神异下·杯渡》。后因以称僧人出行。

闲题（其二）

秦女照镜花应妒，桂阙临水手可掬。
凭轩愁思千秋事，沧海珠泪谁怜渠。
蛩鸣林廊园寂寂，菊簇楼榭风徐徐。
酒酣醉盺泱潒夜，柳湖萍牵扑彗鱼。
此生合是莲藕身，虚室避俗问贤愚。
东施效颦美闺帷，萤灯自照梦华胥。
独酌歌罢乐桑榆。

拾荒老人

柳絮染霞度晚曛，病躯伛偻浼缁尘。
拾荒蝇蚊落汗鬓，白发老叟近八旬。
翠雀花梢启歌唇，金犬柳陌遛锦春。
岁月蹉跎槐市客，埋迹混浊谁与闻。
归对妻像含热泪，夙志不改伏枥心。
寒暑邮局扶杖影，朝暮时望岭外云。
耿耿星河无眠夜，脉脉情思伤楚魂。
鳏居空巢书慰藉，笔走龙蛇枨触深。
王谢富贵原宪贫，胸括四海笑季伦。
但见弊履出市井，岂知闾阎卧麒麟。
寸草涓埃尽微躬，土壤细流培昆仑。
苦寒冬季冰雪冻，翠雀金犬何处寻。
昂首迎风挪步履，病危犹寄身后金。
子女察阅札记信，教师助贫惊四邻。

注：❶槐市：汉代长安读书人聚会、贸易之市，因其地多槐而得名。后借指学宫、学舍。

市阔建马路有感

扒房拆墙清铺店，矿渣基础沥青面。
车倒碾压喷洒忙，路平如砥黑如缎。
灯盏亭树列路旁，彩砖踩美脚微颤。
昔何简陋今何宽，拓城开路乐欲旋。
草坪花坛街景艳，楼厦高耸云天半。
松柏掩映立交桥，商场错落麒麟殿。
举国腾飞会心笑，久留护栏忘餐饭。

芳甸诗

危阁残星候屏嶂，树影参差漏朝暾。
挺杖蚊虫悬鸣幂，夏野宽怀耄耋人。
茂草拱叶绣芳甸，几多朝代此仵身。
柳轩偏爱马融笛，水榭谁鼓文君琴。
燕掠麦穗叠绿浪，蝶吮蔷薇粉流馨。
豪趾登览郊景阔，感慨岁月变古今。

秋野诗

长杨落照玄蝉歌，青岑敛辉织云罗。
窈窕廊榭绢花苑，逶迤林岭翡翠郭。
羽客阇梨几超度，病翁对景感慨多。
风摆田禾香沁肺，鸟度菱浦紫霞驮。
义山驱车古原叹，万载此心相纠磨。
逸兴不减秋野眺，玉京绵邈梦寐托。

无题(其一)

紫陌落英啭黄鹂,绿肥杨柳一片玉。
客傍林樱红粉妆,楼榭眹迎屏山曲。
月明湘波斑竹泪,香消鸳梦金谷女。
百年欢会能几何,珠帘绣户盈城宇。
郊园芳草沐返照,谁伴迟暮江郎语。
相知绰约隔云端,烟花风絮春几许。
怀古情肠愁易断,更有李蹊舞蝶侣。
佳景岑寂时仰望,且醉美酒慵归去。

松巅诗

峰登云外到日边,连江宿雾俯丘田。
迹类无功❶赋野望,情抛华域万里天。
城镇堆锦楼馆阔,屯堡团花舍第妍。
堪悲外邦战乱苦,能不感佩国势坚。
凤蝶围身添雅趣,却病徒步尘世仙。
一川景物涌老目,争胜浮霄悬瀑山。
时序电掣休照镜,野芳弥漫肺腑甜。
满腔热血颂盛世,松巅高咏壮轩辕。

注: ❶无功:唐代王绩,字无功,号东皋子,文学家、诗人。

览景写意（其二）

常有绮怀忆韶年，老丑看花倍黯然。
曹刘已往枯坐久，琴瑟尘封今始弹。
溅石苔泉流曲涧，载日云峦带林湾。
病躯郊野驻足惬，隐居不仕郑朴贤。
吾亦南朝孔淳辈，性嗜山水倦市廛。
韵听林籁播海隅，馨吮蒿岩熏天岚。
不慕卢家郁金堂，岂迷姝丽窈娘❶颜。
琢章捶句华胥梦，余生意趣与谁谈。

注：❶窈娘：唐乔知之有婢曰窈娘。

秋野行

雪芦落鹤翎，秋枫浮水红。
柱天云峰峭，卧湖渚林腥。
披雾眺朗日，振膺啸崇陵。
规行遵时序，炬步务法绳。
捃摭孔孟典，藻摘风雅经。
诗衢谁龟鉴，刺脸缑山藤。
兔丝燕麦坂，伐毛洗髓翁。
落魄类希夷，贪杯醉刘伶。
久伫鸟挑眼，耽病蝶认生。
暂避闹市外，花动疑飞琼。

城郊吟

翁过柳桥倒影行，映波蝶驾杏花风。
茸茸草岸桑柘堡，楚楚屏山楼厦城。
百年身世时瞩目，九州竞秀骞巨龙。
商汤祖迹缵万古，时代新歌讴寰瀛。
群峰会空抱日翠，翁伫笼芳玉溪亭。
红心向党纵翼去，余热不息江海情。
倩景醉吾误归途，回首岁月忘扶筇。

休闲曲

苔文石色落花前，寻芳路尽碧芊绵。
禅心向日钟磬寺，野履云游翠微潭。
脸皱好像叠丘壑，牙缺尚留七分田。
赏景更赏朝韩合，乌云曾布渤海湾。
世事萦怀匹夫责，莫笑老翁比马援。
松鼠顾吾搔耳美，山雀蹴枝翘尾斑。
出门妻损假驴友，翁病近郊也修闲。

雨后览景叙怀

浴波鸥鹭舞青冥,薜荔野径入谷晴。
残雨日射芰荷水,倒影鱼跃彩虹峰。
钓矶酷似磻溪矶,山亭莫非醉翁亭。
病魅缠体意不惬,林泉老死鸿毛轻。
傲岸秉性付崇岳,莫道庾信❶老更成。
钓叟抛饵得鱼喜,吾何排翰苦经营。
足湿露草翩翩蝶,抱树秋蝉恨费声。
香溢丛菊矜粉黛,雾漫林岭隐矫龙。
叹惋扶杖独伶俜,俯仰天地清兴终。

注:❶庾信:南北朝文学的集大成者,"宫体诗"的代表人物之一。

雅 趣

对月抚琴兴悠哉,平明云履踏青苔。
黄葵映水芳岚绾,苍柏护崖乳雾开。
万树拥峦横碧落,一川绕陂叠玉来。
情畅非关晴日朗,山野人家杨柳宅。
陶谢雅趣人何在,谁坐玉帝娜嬛斋。
词律自古亲风骚,三俗枉费百斗才。
蝶诱林叶展翠㔩,风撩丛菊扬粉腮。

踏野吟

山宜泉濡临溪树，照镜皤发岁月磨。
林麓风笙含晚籁，翠岩留日紫霞托。
岁稔康乐逢盛世，衰翁怎待养病窝。
伯劳派对抛曲串，草际浮光织云罗。
瞩目城郭楼厦阔，汉末文姬玉箸多。
缅怀千秋赞新政，尧琴唐韵相鸣和。
兴酣挥袂荆棘踏，附体病鬼缩陋脖。

览景写怀

地僻溪深鸟自飞，蒹葭翠簇关山外。
蛙鼓频敲郭野馨，杖藜扶出耄耋怪。
花姣幽径赶云根，松覆青磴听林籁。
跻攀腰酸腿脚累，古碑斑驳人何在。
蔡女燕姬阆苑多，楚辞唐诗网络赛。
人生百年日月催，谁似长鲸吸碧海。
临水玫瑰挽岚纱，携风杨柳飘玉带。
老做韶童扑蜻蜓，闷观苔石泻流濑。
品景得兼沧浪意，赋文欲往草堂卖。

给刑警

赴汤蹈火破凶案，迷雾重重侦缉难。
蛛丝马迹黉夜找，逮敌肉搏虎目圆。
妻老难顾家庭撇，又熬通宵眼充血。
勘案风雪荒邟上，排查都市楼栋叠。
乔装卧底毒枭窟，凶险百倍力悬殊。
愿斩恶蛟清沧海，岂顾猥貐蹲草浒。
擒匪紧急忘餐饭，饥肠辘辘额沁汗。
眼盼罪犯怒火炽，怎挡饭桌妻孥怨。
天山衡岳南湖沅，披星戴月风尘惯。
警徽警服佩向党，重担万钧青春献。
重案告破市局喜，睏累叩脑步趑趄。
鼾睡莫扰加棉被，严打战役蓄锐时。

看新闻某县厂排污弄虚作假有感

山村绿袍毁，污液逆天排。
畈浍泥土浼，谷蔬铅汞埋。
臭味熏四野，恶闻达九垓。
毒渗老街井，腐蚀碧朴槐。
山魈苦脸遁，蟒蛸瘸足摔。
蹲垄村农泣，众盱观者哀。
县厂罨作祟，地保竟辩白。
彼心都喂狗，罪渎甚雾霾。

灭 蝗

嚓嚓咀嚼田禾空，霍霍齿啃园蔬净。
密麻麻兮铺天嚣，瘆夎夎兮盖地涌。
扑如狂飙卷崖坂，掠象暴洪倾冈町。
药枪雨喷，铜体抽搐。飞机雾洒，彩翅尸横。
悲彼残叶断梗栗立秃野兮，看彼蝗魔攒头挤腔堆积如山兮，
竟呆伫拊额，感党恩于苍穹！

象 棋

我嗜象棋君知否？臭棋篓子常相伴。
路边楼角将帅杀，街头巷尾车马战。
撸袖搓掌噱涎溅，吹胡瞪眼膨胀面。
退休我辈意颇欢，党贶晚福及深眷。
余生痛快甩膀弈，忽悟日梭催时箭。
龙壤之邦呈巨变，华厦雄围古宫殿。
廉颇虽老尚多饭，黄忠连折硬弓断。
古来豪杰能如此，我泼翰墨向霄汉。
浩歌盛世倾款诚，余热微躬国基奠。
棋局泱奥尝辄浅，摛藻环宇掣雷电。

赞云南边防稽毒警

彝傣椰竹里，罂粟缅老边。
毗邻服饰杂，盘纡冈峦衔。
蝗蚋长如树，蚊蚋似幂悬。
旦夕僻疆稽，林茂风雨兼。
直面毒枭凶，贩货何密缄！
诡诈烟网蔽，暴戾匪徒残。
苦侦猛虎迹，劲铲孽蛟源。
乔装敌窝赴，膺惩掉头甘。
累累毒品缴，层层黑幕掀。
洎今战果赫，雄姿镇滇黔！

科教兴国赞

愚昧落后如盲瞽，丧权辱国遭蹂躏。
清末列强焚陵园，庙堂兵燹猖獗甚。
切肤之痛昭后胄，科教兴国敢不振！
任重道远光阴迫，彼趑岂容慢驰骏。
超新富裕物阜丰，滞后褴褛颠顶困。
宇航电信工农医，万帆竞发瀛寰奋。
我国科教成果硕，美欧赶超巅峰奔。
学府科研双鼎盛，学校帮扶罗星云。
骑鲸御鹏科海游，探赜索隐逆浪拚。
造福万代富当朝，誓陟高科天庭问！

进盘锦

风掀稻浪叠涟漪,祁署车驶兼莨地。
车棚闷似热葫芦,车窗烤晒喷火日。
路拐油田管网长,庄转园畦菜豆香。
井机宛如磕头虫,油井列阵碧宇雄。
映眼苇荡抱草坂,荡魄旷野携云峰。
油田扩建包商激,满载泥坑捏汗避。
星河拱月垂欲流,灯火遥认夜幕起。

进鞍钢

铁流滚烫赤,高炉嶙峋矗。
火车獬豸吼,钢花迸四注。
管网密麻谐,铁轨交错布。
浩浩厂域远,遄遄车流速。
我站声喧訇,矿运炉火怒。
钢轧火坯红,焰焰怵神目。
宏伟电转炉,琳琅大连铸。
头顶金龙飞,蒸热朝我吐。
改造机电新,换血奋羁骛。
艰难高科引,磅礴险峰赴。
院悦杜鹃花,墙翳杨柳树。
喧炫耳眼满,深邃慎止步。

自语（其一）

天衢颛顼慕，灵槎沧海渡。
牛女银河岸，残碑北邙墓。
坤轴变盛衰，星月运躔速。
李生何驰荡，局促杜陵路。
述古老杜悲，风抚昭陵树。
吾衰何足论，盛世迈国步。
仙阙渺难攀，物欲趋若鹜。
洪荒一潜夫，林薮驰蒿目。
楮墨书余息，思欲星汉住。

东瀛盲女

东瀛盲闺女，巾帼英雄态。
辞家亚欧跨，扶杖云天外。
巴黎塔门摸，柏林街桥踩。
负笈闯世界，昂首云路拐。
衽席安华夏，能不生感慨？
盲校倾心血，课堂授师爱。
谆谆育桃李，劢劢培松柏。
耕耘风雨夕，辛劳霜雪宅。
弱质比泰山，柔情涵碧海。
爹娘欣慰回，亲情新慈代。

怀故友

门纳户外峰，细花上阶红。
蝶翻柳絮阵，烟裹蚋蠓营。
苤街三春暮，因何魂屡征。
向秀闻笛赋，仲淹岳楼情。
远眺芳草路，思旧谢公亭。
翁朽一骸骨，披衫伫临风。
深阴憩古木，叶摆听鸣筝。
对弈围棋看，笑谑斗牌听。
国泰市井淳，含泪慰幽冥。
拔地城宇阔，摩天海岱雄。
泉台应笑寐，筑梦骞鲲鹏。

乡城暮景

雾薄川原斜阳暮，檐月惊鹊入杨柳。
翁腆腴腹迈龟步，妇蹲楼街逗爱狗。
余晖照景崦嵫尽，灯霓城阙烂霞抖。
车路旋光汇彩河，莲峰黛影挂北斗。
花覆归途抚今昔，旷世情怀感慨久。
嫦娥倚桂笑靥扬，丁仙喜泪鹤背流。
深谙新旧两重天，夙缘乡心时回首。
吾憾沉疴桑榆老，总学颍川空使酒。
鸾翔凤骞笔势扫，翰墨淋漓胜景镂。

思长妹

波翻荷池霓，楼过拽尾星。
苒苒林表月，漠漠云里峰。
不寐怨遥夜，悲歌薤露❶声。
经宿梦胞妹，逝矣入殡宫。
人世日月逼，璇盖❷凋华庚。
四渎❸商埠盛，九服❹物阜丰。
硕果妹缺位，涕流花甲翁。
婉兰弹粉首，碧榆奏哀笙。
云阙似闻鸾，绛河终扬旌。
缥缈谙熟影，导引俏飞琼。

注： ❶薤露：古代送葬时唱的丧歌。❷璇盖：比喻苍穹，天空。❸四渎：我国古代对四条独流入海的大河的统称，即"江、河、淮、济"。❹九服：指全国各地区。

思母亲

草色水文上客袍，雪絮乱抛浮野翠。
萍池青移柳旭影，楼栏粉浥荼蘼泪。
富赡时日念萱堂，一曲悲歌沸五内。
鸟哺群雏劳昼夜，寸草难报三春晖。
岳母刺字报国心，舐犊亲情仰万辈。
儿留乡街对乡景，黄泉陌路慈母睡。
岁岁祭奠岁岁老，鼖面皓首伫阛阓。
慈颜永驻霄汉间，不死总是梦寐会。

写 怀

窈窕春景满林扉,绣葩香溢横塘雨。
百舌啼枝总关情,争流溪霁纡峦曲。
抽簪鉴湖四明客,道冠鹤氅登云履。
吾坐曾岩想风范,金龟换酒慨如许。
俗世倾盖贵相知,落落故宅立碧宇。
谪仙抱憾棹船回,吾下云梯归梦去。
蝶还旋草恋丘壑,白衣送酒何处取。

野趣(其一)

蜀锦林野铺,诗花天地开。
日婆金针绣,树鸟唱曲乖。
翁拙凤林惑,竟费班扬才。
丹壑隐雾岭,碧岑傍楼台。
萝幌径郁郁,岩扉云霭霭。
泉韵疑汉筑,篱梅笑虞腮。
翁喜尘嚣避,国盛惬老怀。
窅然流水去,桃源安在哉。

乐府诗

白头吟

（一）

长榆高柳风月心，落花辞木不归林。
莫悲榛陂磷火寝，且将鸟语入瑶琴。
春暮渚蕙飘香带，夕尽林岑束岚裙。
风抚女萝腮有泪，粉铺地衣绣彩文。
景物感知难具论，信陵古树北邙云。
沧海桑田同一慨，翁何辜负婉约晨。

（二）

满池星烁盘月弓，园树摇光风叶中。
不寐袁朗[1]吟白头，翁仰老脸觅玉衡。
桃李谢尽地锦在，宇宙躔演第几层。
人老蹇涩痀鳏抱，多少空巢立苍穹。
鸟睡蝶栖峦林静，灯路商街不夜城。
草木年华忆畴昔，奈苑芝田渺鸿蒙。
赏景休滴牛山泪，古圣今贤抱璞同。
鞋沾花露消夤夜，月照柳厦转玉绳。
亲友雕丧蒿里悲，还听蛩琴奏妙声。

注：[1] 袁朗：雍州长安人。勤学，好属文。仕隋，为仪曹郎。唐朝初年，授齐王文学，转给事中。贞观初年逝世。

玉阶怨

画栋连云入紫微，牡丹贪日抱余晖。
玉阶粉颈抚琴挺，噙泪步摇钗凤垂。

游侠篇

曙色花馨感物华,秋山吐日云水霞。
拔剑劲继葛天氏,砸拳勇逾博浪沙。
晨练快意崇侠义,降龙伏虎贯虹霓。
西蜀峰巅曾揽云,东海岸边吞蜃气。
乌兔催成鹳毛老,羸躯热肠风尘立。
汉街欲许季布诺,燕肆能垂荆轲泣。
侠骨柔肠社稷心,剑舞长空炫晴雯。
霜刃切玉视外虏,铁腕政魁荡腐臣。
武步频挪踏露草,鸟壮雄风歌翠林。
古有游侠续新篇,翁朽豪气天地存。

有所思

莲馥清溪白云际,山林野韵扑客怀。
鬓发成素湿岚敷,抱翠黄鹂摇叶乖。
丹心连崤送河汉,孤魂喜日渚燕来。
兰芝玉树世所崇,露浥千花覆苍苔。
风帚扫地抱朴❶尾,谁拭垂泪海棠腮。
昔者往顾有所思,雨余华岳耸九垓。
浮生何欢死则已,陵田空芜铜雀台。
迹类凤歌笑孔丘,诗腹难装贾宋才。
松鼠嘲吾北枝颠,梗骨宿志壮蒿莱。

注:❶抱朴:是一个道教术语。源见《老子》"见素抱朴,少私寡欲"。"朴"指平真、自然、不加任何修饰的原始。

折杨柳

杨柳蕴月转玉衡，桃李争宠媚园亭。
东皇留客消良夜，蛮琴花语露华浓。
妻适闽粤云路隔，独立亭榭若为情。
翁随身病跋涉难，古今多少怨望中。
栖蝶偷眼香蕊抱，抬翩欲陪是柳莺。
翁老不惯室榻空，临别曾是细叮咛。
翘首瞩目抵愁绪，恰见牵牛织女星。

短歌行

拔剑动星文，下笔摇云岳。
意气超剧孟❶，豪情凌珠阙。
处世贵磊落，草莽觅禹穴。
翠登晞露岗，林楼映璧月。
溪花婉如玉，水曛燃似血。
川陆相萦带，海岱连襟惬。
性梗俗眼青，世网红脸倔。
曲奏凤凰琴，骚坛落魄妾。
寄言无聊赖，览景山壑越。

注：❶剧孟：洛阳人，西汉著名游侠。

长歌行（其二）

（一）

朝露园葵晞，菁华岁云暮。
竹帛佚贤著，白驹飞景速。
璇盖运地轴，崩波浩海赴。
韶童成翁媪，陵寝变陌路。
咸思国运昌，亿众迈阔步。
翁尚微息存，擎天有砥柱。
小诗虽芥末，笔墨鸿业助。
置身新时代，征旆宇宙树。
浩歌热泪落，婴病肺腑吐。
捧报时仰望，喜盈垂老目。

（二）

卷帘花雨望远山，一曲清歌入深树。
嫩品榆钱挨朱门，靓姑手机痴迷路。
皤婆玩狗遛楼街，粉挹樱蕊映绣户。
旖旎春景市井图，鄙夫无意桃源渡。
花落舞风残妆面，叶肥栖蝶夕阳暮。
静室悬榻待子期，瀚海泼墨攀李杜。
惜春襟敞偃蹇身，却病腿迈岁晏步。
世俗依旧比邻换，人生寤寐如朝露。

江南弄

鸳鸯戏水沐晴晖,水木万家傍翠微。
香霭绡薄苔阶院,雕桥虹映芙蓉扉。
雪臂桂桡采莲女,俚歌一阕动霞霏。
耆卿不醉缘仕旅,樊川锁愁秦楼栖。
美景佳晨留客履,触怀有梦知为谁。
碧河台榭倒影深,笛箫入夜遏星文。
聊将华蟾射鲛宫,不让宓妃滞洛云。
层城十二曲楼栏,峨冠博带相追攀。
吾侪畅饮新丰酒,醉后舞袂情犹癫。

江南曲
(婚旅——游南京玄武湖公园)

春梅文禽张翼美,桃李昳映粉妆水。
妻颊湖岸晕霞光,园曲声绕绯云尾。
盛世胜日胜景览,鸳侣相偎玄武腿。
古有怨妇长干里,腮流玉箸似雨蕊。
长江不尽万载情,翠铺江南馥郁媚。
情到浓时语默默,爱至深处景融融。
蜂羞微露绣芙蓉,婚旅金陵展画屏。
花烛洞房乾坤大,多少楼台秀旭中。

乌栖曲

风掀枫涛红耀日,涧亭山楼沁野芳。
携腕攀岩石蹬上,鸿雁排空林岭长。
芸丛揽腰熏香坐,菊陂贴脸近花房。
情海扬帆绮思逸,此刻襄王梦高塘。
乌栖日坠枫岭暮,披霞神侣下仙乡。

长相思

桂魄团花玉脂香,山颦蛾眉归梦长。
苍梧魂销潇湘水,望帝春心总凄凉。
层楼有情通蕙畹,芳草无意搭柳墙。❶
赵瑟蜀琴奏无益,秋波浮翠入夕阳。
　　长相思,莫断肠。

注:❶芳草无意搭柳墙:语自苏东坡词《蝶恋花·春景》:"花褪残红青杏小。燕子飞时,绿水人家绕。枝上柳绵吹又少。天涯何处无芳草。墙里秋千墙外道。墙外行人,墙里佳人笑。笑渐不闻声渐悄。多情却被无情恼。"

乌夜啼

浦楼落照水禽飞,敛翼乌栖合欢树。
昼开夜合花树心,对此泪流皋亭暮。
酥胸雪肤貌如花,淑媛已返刘郎渡。
浴霞湖光沈月鉴,如何月下衷肠诉。
拥怀软玉化碧流,情痴总梦天台路。
排缃荷叶鱼踪渺,溢芳轩兰麝影酷。
古有怨妇乌夜啼,今有怨男表情愫。

秋夜曲·朱淑真

蛾眉黛蹙倚绣枕,梧桐鹊静月夜深。
瑶琴不理云鬓乱,词笺和泪湿鸳衾。
翠叠洛浦画屏景,香扑帘栊玉阶薰。
恹恹酥胸涵荷韵,郁郁情愫印苔文。
苾院风帚花叶扫,倩影凌波月露晓。
昭君琵琶文君吟,子夜吴歌愁绝倒。
念故时吟销魂木,星眸不惯断肠草。
浪夫系马章台柳,自古红颜欢爱少。

白头吟·卓文君

临邛女儿掩泪啼,凤求凰兮忆当时。
弦拨鸳鸯双戏水,何变茂陵杨柳枝。
春抚琴台花铺锦,香透酒垆月撒银。
花月旖旎拥水榭,良辰美景顾妾深。
卖赋得金悲视今,阿娇长门画眉新。
青陵台上贞夫节,长城脚下孟姜心。
故能斗酒会沟头,一洗铅华粉面羞。
珊瑚床头琥珀枕,有梦长期为君留。
甚慕菟丝抱佳木,终身厮守度春秋。

昭君怨

（一）

汉苑花木秋叶凉，旷世仙姬凤阁藏。
妾貌不输西施美，谁贿画师瞎裱装。
一朝戚容出宫门，毋令敝帚奉吾皇。
元帝怒诛毛延寿，朕前枉法太嚣张。
玉关蛮荒惊蝉鬓，瀚海沙瀑罩粉妆。
怀抱琵琶珠泪落，弥天悲愤九回肠。
频频转颈朝京邑，茫茫征路伤心黄。
千载青冢留何益，芳魂夜夜望故乡。

（二）

三千粉黛望帘栊，不览真容信画工。
致使芳魂销瀚海，风嘶荒冢月明中。

怨歌行

华丽转身芳心苦，兰殿尘飞玉阶苔。
庭草萋萋茕影吊，昭阳歌吹过宫来。
奉帚长信忆畴昔，雀钗低垂香梨腮。
托意团扇裁桂魄，皇室牢笼千古哀。
苑花经雨流粉泪，秋叶凋零扑愁怀。
失宠岂是甘泊没，谗言铄骨妾命乖。

君子行

士衡君子行,休咎合天机。
何故华亭鹤唳叹,皇舆不得秉璇玑。
奸佞心比峰尖险,君子坦荡朝野欺。
岳飞惨死风波亭,崇焕遭谗被凌迟。
古来青云士,虎变钓磻溪。
空名胯辱辈,功就良狗殪。
拾尘惑孔颜❶,掇蜂逐伯奇❷。
史鉴远宵小,当局入瞉迷。
我歌君子行,行止慎礼仪。
人生百年内,福祸互凌替。

注: ❶拾尘惑孔颜:典出《吕氏春秋·任数》。后以此典指仁人贤士受到猜疑,蒙受屈枉。❷掇蜂逐伯奇:典出《琴操》。

君子有所思行

连云起甲第,私驾逾海洋。
阅景城宇阔,腑热伫崇冈。
林殿窈窕碧,阆苑芊绵芳。
俯仰升朝日,邈目盛世康。
翁病有蒿里,郊河去路长。
考政合天道,拒腐国势强。
喜泪告尧舜,感慨闻汉唐。
花引烟林寺,野瞰园田乡。
恋极思玄圃,爱甚怨扶桑。
扪萝忆旧貌,揽木慕鸟翔。
壮志老未已,长啸峦巅狂。

长歌行（其二）

粉桃摇落随阴风，柳眼半睁傍楼亭。
云岳高擎江海心，日气崇城万树鸣。
老态龙钟入烟景，时序促晷运苍穹。
山肴野蔌遵黄帝，名缰利锁掷谷坑。
陟峦松声合太古，晚福蔗境傲九卿。
访旧亲朋半为鬼，怒斥病魔振我膺。
人生百年良可叹，寤寐春秋朝露凝。

月重轮行

舞有旋虹蝶，歌听贯珠鸟。
林菁时一顾，春山裹霞晓。
芳泽经宿花，叶舒沾露草。
世业赧诸彦，悼旧花甲老。
履野欢几何，重轮桂魄渺。
九服咸德化，四海绥靖好。
名利役莘莘，酒色惑大佬。
俯仰天地间，晷速肆徽岛。
怀土揽柳趣，拨云翠岫巧。
莫负真宰意，百虑心涛搅。

前缓声歌

（一）

鲸海仙境蓬莱宫，阿鼻地狱丰都城。
尘世赓运宇宙内，神族鬼蜮幻梦中。
龟卜筮占舞雩月，祈巫禳祟教会风。
诚知星躔运象纬，岂是珠阙造黄庭。
太虚凫舃俗眼迷，地轴转轮圣哲明。
灵台仙居展宝箴，水火交泰天地通。
咸池濯发汤谷饮，神往紫微驭飞龙。

（二）

探元遗世从云螭，伯玉《感遇》绥山期。
吾病妄窥娜嬛阙，天衢缥缈叠霞绮。
入梦捧桃骑羊子，吸睛鼓瑟潇湘姬。
跨鹤星君度扶桑，骖鸾仙子出瑶池。
波谲云诡天地动，逸兴高会乐无极。
中有宓妃待伊洛，凌波含睇抬粉颐。
昔曾留枕兰芝室，何故珠泪滴荷衣。
智琼凄楚问凡路，谁道济北归宿宜。
三山十洞光璀璨，南箕北斗摇幡旗。
睡醒思之捻髯笑，千古梦境总是迷。

梁甫吟

雾卷青山歇宿雨，月恬晓池明水树。
百年意气一片心，林岩掩映风云路。
孔明好为《梁甫吟》，世人哪得知其故。
蟠龙御浪视天时，掣电运斗虹霓吐。
曾子蔡邕奏琴操，琴音激越闾阎度。
吾歌此曲壮麟凤，奋蹄鼓翼锦程赴。
翁老骨朽草莽间，犹有诗行学李杜。
慷慨拊膺悲逝川，饱经沧桑年华暮。

将进酒

身骑茅龙游华岳，山野泱漭腾翠浪。
下视人寰几春秋，谁跳蓬瀛三界上。
满面风尘酒一杯，慕仙问道襟抱放。
太白举酒邀明月，老杜酣饮梁甫唱。
两贤踔腾能如此，万古情怀一何旷。
俗世冷暖一醉休，河山带砺飞景壮。
愿依信陵为宾客，终近中圣疯魔状。
约莫逆，会同窗，将进酒，拼海量。
经霜履雪俱白头，筚路蓝缕解惆怅。
互倾肺腑击箸歌，歌罢泪眼婆娑畅。
钟鼓馔玉不足贵，清衿风袖自飘荡。
百年岁月转瞬间，且饮美酒烦愁忘。

律诗、绝句、竹枝词

羁旅书怀

（一）

韶华崇岳晨曦览，羁旅江湖廿载情。
栖晚乌啼林店月，踏秋霜覆枳花亭。
浮生贵贱萍踪忳，世事悲欢物役同。
万里乡心登顶望，云埋野岭蜀天横。

（二）

木落迷津渡，穷秋登碧山。
一河林嶂影，万里梓桑田。
泪忆萧娘梦，愁添宋玉颜。
此生离恨苦，望月几时圆。

绝　句

江枫初月晚烟浓，野客轻装过楚城。
千载骚歌星汉绾，叹息饶楚并秦廷。

无题（其二）

落木流波返照间，丛林瞩目绕溪山。
揽菊皓首披霞老，抱树高歌旧日蝉。
红叶诗悲京洛苑，浴鸥沙辨子陵滩。
罗衣不掩花钿泪，空令文翁吊逝川。

暮 春

翠榭碾云轻，香槐柳絮风。
暮春蓬鬓老，身世碧池萍。
树杪莲峰塔，夕阳古寺钟。
独行林霭处，归梦颍川翁。

踏野（其二）

画苑筝歌妙，倩春桃李馨。
柳湖环翠榭，松壑储青云。
寺矗参佛鸟，水出询道鳞。
预知赢叟意，踏野凤林深。

岳阳楼晚眺

绮岸凭楼暮，霞波日月浮。
洞庭通海阔，云梦载天铺。
湘女斑竹泪，汨罗枫岸图。
君山叠翠影，莫道客情孤。

蜀乡晚景

药圃他乡媚客红，连村林野玉溪风。
芭蕉已展丁香老，落照画出金碧峰。

夜　出

楼宇香梨摇月影，玉池虹彩动星波。
心田播下相思种，此夜情魔胜睡魔。

相思曲（其二）

仑岸白波腾耸岳，送眸城阙入山阿。
望乡游子耽川路，破雾红曦射碧河。
林麓流云拂客肘，兰闺有梦怨笙歌。
此情自古谁能免，且陟层巅舒病额。

丁　香

娴雅风姿翡翠妆，粉容戴月玉肤香。
娇娃绮梦偎霞晓，羞效聊斋待粉郎。

春暮（其一）

镜中霜鬓入衰年，春暮傍阴楼厦间。
噪雀尽催尘世步，夭桃还映铁鳌颜。
风姨有意拂芳陌，青帝无情渺翠山。
陆续亲朋归墓穴，病翁峭立落花前。

览景访人不遇

紫陌香槐扑面开，携雏皂燕掠波来。
日涂叶彩一城木，翁泻丘林万古怀。
消夏楼园人病酒，访贤槿径履苍苔。
老韦❶空对寒山雪，莫怪柴门闭月斋。

注：❶老韦：韦应物，唐代著名诗人。有《休日访人不遇》诗：九日驱驰一日闲，寻君不见又空还。怪来诗思清人骨，门对寒流雪满山。

海岸观景

柳絮披猖作雪涛，漫拥海岱缀云高。
夕阳林野铺霞绮，万道金辉碧水烧。

春暮叹

雾积山野翠连城，云雨才歇杨柳风。
王驾❶怨蝶飞院外，淑贞坠泪绿苔中。
颁香茉莉荣林畹，抱病诗翁慕鹤龄。
终悟前贤同感喟，余生诚愿跨烛龙。

注：❶王驾：晚唐诗人，字大用，自号守素先生。其诗《雨晴》云："雨前初见花间蕊，雨后全无叶底花。蜂蝶纷纷过墙去，却疑春色在邻家。"

景观题

鸟啭宫商如贯珠,引翁误入富春图。
松筠照水霞矶岸,桃杏骑墙山雾庐。
独倚江楼观落日,竟临烟渚迓飞鹄。
蓬莱仙境云端渺,看吾飘摇一野夫。

春暮书怀
（效杜甫《登高》诗）

旭日溶波曙色开,山隈林鸟带霞来。
遮天柳絮城郭卷,矗野莲峰乳雾埋。
万物阴阳春色暮,百年身世戏帏台。
碧湖羞照风尘面,醉酒还顷李杜怀。

端午吊屈原（其一）

粽包端午赛舟忙,万世悲歌泪万行。
一自灵均投水死,汨罗香满旧时江。

新 居

燕觅旧巢花月楼,烟浮兰蕙粉妆羞。
篱园倩影熏香动,燕妇欢呼是凤妞。

送客（其一）

楼俯曦河天裹山，为谁绘彩水云间。
金堤杨柳红霞绾，又抚离颜送客船。

闲题（其三）

日照林峰峭入天，花房酥嫩柳丝牵。
庭筠❶彩笔描兰榭，商隐凤歌回海山。
抛卷鸡窗伏案叹，蹴枝斑雀画楼喧。
临街景致游何处，满耳笙歌奏锦园。

注：❶庭筠：温庭筠，本名岐，字飞卿，唐代诗人、词人。

夏　日

街望云涵林谷月，莺啼杨柳露滋花。
晨曦半碾山霞碎，宿雨犹湿萝蔓趴。
复古❶枇杷收夏日，诗翁美梦放仙槎。
蝶衣不晒期亭午，谁在青田耘邵瓜。

注：❶复古：戴复古，南宋著名江湖诗派诗人。其诗《初夏游张园》云：乳鸭池塘水浅深，熟梅天气半晴阴。东园载酒西园醉，摘尽枇杷一树金。

闺思（其一）

雕砌飘香梅蕊月，星河影泛劲池萍。
寻常光景金闺夜，粉首楼栏怅望中。

送　友

月炫荆山璧，水铺秦镜文。
越吟宫榭楚，❶舜抚玉虞琴。
怀古思伯乐，临川浴晚曛。
阔别杨柳岸，君去岭云深。

注：❶越吟宫榭楚：庄舄为战国时期越国人，在楚国做官。庄舄吟唱越国乐曲。形容不忘故国。亦作"庄舄思归""庄舄吟"。

垂钓（其一）

云敛烟霏笼暮川，花矶楼影镜中天。
金乌加冕层城锦，玉兔出宫翠壑娴。
姜尚磻溪白首钓，嗣宗❶诗酒鼓琴闲。
翁收钓具慵归去，鱼篓空空问两贤。

注：❶嗣宗：三国魏阮籍的字，其为"竹林七贤"之一。

无题（其三）

明月光浮草露团，楼云傍岭带愁悬。
江湄交甫失仙佩，刘阮桃山觅洞天。
粉黛芳歌尘世久，痴情谁管抱衾眠。
星池怅望摇荷影，何处骖鸾续凤缘。

无题（其四）

鸳衾掩泪梦高唐，月榭花香飘绣房。
谁似望衡多面佬，愁如陇阪九回肠。
班姬凤阙裁团扇，观宇蕙兰除粉妆。
琴制梧桐心未死，声声都是锁魂腔。

解语花

风梗露英融月华，绿裙香透塑窗纱。
视频对侃檀郎瘪，笑倒兰闺解语花。

七夕惹乡思

花影风拂月里摇，关山万里绛河高。
带愁潘鬓飘蓬状，垂露楼林沾客袍。
苦念凤帏霄汉望，空成绮梦故园遥。
生涯何事多羁旅，偏让七夕渡鹊桥。

旅游（其一）

如雪杨花扑绣帘，春莺频语画甍尖。

半山钟磬云端寺，一水鹬凫夕照川。

杨柳园廊嬉碧玉，松兰台榭列蝉冠❶。

衰翁自愧渔樵客，携侣登岩近碧天。

注：❶蝉冠：汉代侍从官所戴的冠，上有蝉饰，并插貂尾，故亦称貂蝉冠。后泛指显贵。

老 城

繁花簪月舞婆娑，危厦云罗相触磨。

曲饶老城霓海里，眼迷天地绛河波。

警 世

利锁名缰带累身，财黑闭眼属何人。

九原珠翠沉香畹，万井楼台染紫曛。

垂泪碑❶成迪后世，巨贪赐死有和珅❷。

南柯一梦嗟今古，且览莺花醉锦春。

注：❶垂泪碑：羊祜（字叔子，泰山南城人）曾在襄阳为都督，镇南夏，甚得江汉之心。羊祜死后，襄阳人为纪念他，改山名为羊祜山，今仅存垂泪碑。❷和珅：正红旗钮祜禄氏，原名善保，字致斋，自号嘉乐堂、十笏园、绿野亭主人，清朝中期权臣。1799 年被嘉庆皇帝赐死。

古意·李季兰/吴商浩

果种情田各自缘,谁跻玉宇理双丸。

巫峡孤寝吴商浩❶,柳岸倾愁李季兰❷。

扰梦猿哀江月啸,恨舟影逝雁书难。

两卿俱是阳台客,何故断肠尘世间。

注: ❶ 吴商浩:明州(今浙江宁波)人。进士,屡试而不第。《全唐诗》存诗9首。事迹据其诗推知。其诗《巫峡听猿》云:巴江猿啸苦,响入客舟中。孤枕破残梦,三声随晓风。❷ 李季兰:原名李冶,字季兰,乌程(今浙江湖州吴兴)人。唐代女诗人、女道士。幼时住在四川三峡。李季兰别有《送阎伯均往江州》《登山望阎子不至》《送阎二十六赴剡县》《得阎伯均书》等诗,语意亲密缠绵,且多写送行不舍和别后相思之情。

泛 舟

(一)

林籁乱石掺水声,泛舟亭午潋溪风。

一屏锦障云峦里,数曲禽歌柔橹中。

刘柳❶添愁缘政腐,吾侪多乐感官清。

迄今玩景无俗韵,诗赋香岚赴碧峰。

注: ❶ 刘柳:刘禹锡和柳宗元。

(二)

泛舟日攀镜中山,树密野馨花甲年。

玉苑云开苏绣景,雕亭棋弈鹤龄仙。

湖环彩榭琉璃碧,岸簇蝶兰玳瑁斑。

带酒敞襟怀抱放,更把余息乐舜天。

送春（其二）

桃李卸妆花事尽，风摇柳旭秀蛾眉。
春姑倩影归何处，一树胭脂簇紫薇。

晓　行

杨柳拨岚舒病眼，宿妆芍药泄秋华。
楼园露草芳肌嫩，莲岳禅林霞坡佳。
垂暮愁抛蝶梦里，病魔恨坐腑腔衙。
梁宅画栋谁暇顾，翁觅蛮琴踏翠莎。

乡思（其一）

（一）
柳絮沾繁鬓，春思花落夕。
两行羁旅泪，万里碧榕堤。
竹馆闻笛赋，山云带月低。
深林啼血鸟，何故忘情啼。

（二）
红药盘蝶影，层楼啭鸟声。
笙歌愁腑滤，云岭雁书空。
玄圃扶桑外，金闺望眼中。
巴乡烦溽暑，挥扇待金风。

秋　望

波光凝碧映危楼，菡萏香飘霓彩洲。
宾雁循星屏嶂度，轮船载月大江流。
连城锦岸夕阳暮，漫野金畴稻黍秋。
莫恨风尘凋雪鬓，龙钟老态傲芳丘。

川原（其一）

黄鹂弄响遗豪客，一望川原泱漭平。
树绕城郭云际满，烟浮林镇绿畴晴。
华衢卧野达鲸海，崇岭横空跃玉龙。
老杜若知今世景，手摸广厦笑苍穹。

川岸写意

水禽波上浴夕阳，雨霁行船柳岸长。
铜雀台荒陵寝月，武侯祠旺锦官乡。
临川有泪千秋吊，处世无功只影伤。
丹壑迎翁云路邈，抵应杯酒慰愁肠。

叹

城阙横银汉，云衢走玉盘。
高楼当此夜，泪落耄耋年。

蔷 薇

蔷薇夏季花，返照促秋华。
桃李凋零尽，卿何笑挽霞。

合欢树

昼夜合欢树，虹帷魂魄廛。
不知江月里，湘瑟几时弹。

逛景（其一）

碧流郊野桃花水，红衬春城甲第云。
四美倾怀娱岁暮，九仙逸兴度良辰。
乐游园榭多秾李，金谷兰亭坐翰林。
古往今朝情境异，芳洲谁奏玉虞琴。

钢城暮景

萝疏月镜圆，花柳憩蝶坛。
城厦霓帘扩，莲峰云幔残。
缅怀松寺古，送目绛河悬。
盛世拈髯老，景贪凭碧栏。

旅思（其一）

缺月残星丹嶂云，风交树影上危岑。
乡关万里来路渺，岭壑千层纵目深。
旅宿宾王❶积雨里，怀朋应物❷暮春晨。
巴川应是有情意，带泪穿崖出剑门。

注：❶宾王：骆宾王，字观光，婺州义乌（今浙江义乌）人，唐代诗人。❷应物：韦应物，唐代诗人。

感　冒

无端感冒悯衰姿，药用中西岂敢辞。
甚恨病魔穿体遛，犹如童子坐滑梯。

刘希夷

小园永巷希夷❶乐，醉卧锦茵明月夕。
花裹玉脂窥绣枕，蝶栖翠叶露华衣。
宦旅泛舟沧海阔，桃源归梦洞庭迷。
如何倜傥平章客，又卧家山香满篱。

注：❶希夷：刘希夷，字廷芝，汝州人，唐代诗人。

锦　里

水草烟合鸣鸟树，杨花泼雪挽夕阳。
优游无奈惜春景，锦里笙歌裹野香。

端午郊游

烟花郊野郁芜葱，树雀声杂山寺钟。
孟夏寻芳舒病腑，楼台临水悼屈平。
峭岩抱日凌云矗，高铁飞车载客行。
告慰冤魂今世景，神州早改旧时容。

春　野

一曲笙歌落日低，捎蝶杨柳舞姿齐。
簇园花卉矜楼宇，映水霞山炫紫衣。

行程吟

草树拥城烟水阔，云飘夏岭向翁倾。
柳莺莫弄琴筝语，陌燕总歇芸榭亭。
阅尽芳菲人老迈，熟谙世务影伶仃。
李生爱做庄生梦，谁晓翁寻林寺钟。

怀　旧

晚浪月恬明水树，星河辉映万楼灯。
旅怀载鹤白云送，世事罗峰铁臂擎。
蜀郡浼尘人万里，京畿挥汗路千程。
景观终是有情意，故放绮霞城阙中。

自 咏

(一)

女萝弱腕春枝挽,杨柳纤腰映水垂。
跻岗风衣飘袅袅,莅池瘦影颤微微。
莫滴老泪桑榆晚,且举流霞玛瑙杯。
杜牧登高菊蕊插,翁醒美酒吮芳菲。

(二)

乳雾沾衣拨不开,翁随林旭陟高台。
群山眼底皆培塿,一水波头荡客怀。
牢落残秋飘叶雨,苍茫野莽裹云霾。
千年多少风骚士,看俺登巅笑满腮。

城街行

楼林相望花街度,日驾六龙驰九垠。
城踞辽原衔翠岳,树拥广厦变晴雯。
今昔感叹苍颜老,故旧消亡市井新。
唐帝远征曾驻马,病翁伫立醉佳辰。

临景写意(其二)

桃溪落照移山影,风摆泽兰小径幽。
草动疑蛇飞蚂响,荷摇滚露粉香流。
问津古渡轻渔叟,赏志湘灵吊楚丘。
危岸缅怀含泪伫,返程好鸟啭枝留。

城 郊

楼园垂柳落花津,鱼戏林塘趁暮春。
野色含山融碧宇,日容沉水荡霞文。
鸡啼枣院晴云早,鸟啭桑麻绿垄深。
翁立城郊拨草望,未息迟暮报国心。

游 园

(一)

画舫流晖林寺影,嶂形雾漏锦屏风。
苑湖翠绕垂杨柳,花卉红出彩榭亭。
鼎盛故国尧舜日,茏葱春景玉京城。
衰翁扶杖扬纹脸,笑露豁牙听晚钟。

(二)

朱唇美妇傍花荫,杨柳梳日鸣翠禽。
虹势雕桥莲水跨,虎形云岳雾林蹲。
芸廊笑探翁白首,兰榭谁弹凤尾琴。
盛世醉歌怀李杜,赏秋莫管病缠身。

览 趣

晨蕊临溪裹露红,春山照镜攒云青。
莫嫌翁老时啼鸟,总揽年庚四季风。
石磴披襟松韵里,蒿坡送目桦岚中。
蹉跎岁月微躯在,几度悲欢尘世情。

唐 萧

时文何故不抽簪，拔剑流光倚碧天。
板荡能臣扶社稷，疾风劲草屹危岩。
怀仁热眼伤麟叹，用智挺膺陪凤难。
丹陛血浇唐盛世，老夫诗赋祭先贤。

归 乡

松竹朝暮故年心，梵宇高墙聆梵音。
倦客天涯桑梓梦，身归翻似梦中人。

修闲有句

风牵云脚扯松崖，绿野秋田绾雾纱。
树入兰溪翁自得，蝶出菽麦景颇佳。
应召小谢同杯酒，不慕土豪别墅家。
渐觉眼前生意满，一禽拨水越芦花。

鹦 鹉

鹦鹉学舌笑死人，夫妻吵架仿如真。
女声急脸抬肩促，男嗓激情挥臂跟。
鸳阵争锋生妙谛，兰房厉色巧成文。
视频鹦鹉嘶音累，好似精疲鏖战身。

狗（其一）

狗妆美妇直躯逛，笑眼花冠献媚容。
市井围观塞客路，楼城锦簇绚日风。
视频配乐输寰宇，宠物钟情爱饭东。
一哂聊博娱晚景，三观感触世俗中。

闲题（其四）

（一）

登塔拨云观海日，扪萝攀岭啸林泉。
苔文晋让董狐笔❶，碧浪唐和舞剑媛❷。
旷世诗掺松壑气，古今艺带紫微烟。
病翁览胜归家室，笑对拙荆似有言。

注：❶董狐笔：意为直书不讳。出自《左传·宣公二年》。❷舞剑媛：指公孙大娘，舞剑器天下第一。杜甫有"罢如江海凝清光"诗句。

（二）

辛甲❶归周任史臣，乐天乐府倡时文。
豪杰慧眼乾坤异，老朽慵才草木矜。
云水浮郭极暗浦，野山环镇带晴林。
筋衰空望高巅处，遥祝鸿途腾凤麟。

注：❶辛甲：商末周初年史官。原事商王纣，屡谏，纣不听，方去而至周。

（三）

江开宿雨下春流，雾卷晴山错翠秋。
雁渚泛舟冲苻带，蝶陂扶杖踏芸裘。
生涯老尽庄周发，世事搅浑潘岳头。
遗兴川原蒿目送，谁家笛曲度林丘。

忆 昔

溅石回浪萦岩曲,宿莽霜晨野径秋。
若马惊涛撕雾奔,如牛荒碛裹苔收。
涉足历险谪仙趣,临岸凝眸游子愁。
万里乡思羁异域,天排雁阵渡江楼。

雨 霁

雨霁花鲜风叶润,春禽迎日绕红楼。
云残霄汉开天镜,城卧辽原翠欲流。

湖边小景

亭雾风林曦影移,枕堤云峁秀芳颐。
掠波春燕扑杨柳,弄皱碧湖霞绮衣。

陶 潜

露卉芳辰涵玉簇,秋菊粉面饰金香。
老陶醉卧篱亭月,馋煞南山舞翠裳。

孟浩然

古木巢禽爱客疏,叹息三径玉蓬壶。
醉眠夜雨三春晓,花落窗前日照初。

对景怀古

城拥花木云霞暮,璧月流波捧手残。
万古堪悲贤蔡琰❶,人生有恨悯貂蝉。

注:❶蔡琰:字文姬,又字昭姬,生卒年不详。东汉陈留郡圉县(今河南开封杞县)人,东汉大文学家蔡邕的女儿。

野趣(其二)

翠岫泄云流野树,鸥狎海客落江滩。
忘机相悦比仙侣,何处尘嚣闹市廛。

竹枝词(其一)

林岫连云入紫霄,危石搂日俯江涛。
撑船渔叟俚歌唱,歌向桐楼苗寨飘。

值 秋

关山天末盘云鬟,景物值秋野兴多。
不辨仙槎归碧海,还窥梵宇隐林坡。
亭花浮磬暄峦日,径草拨烟织壑萝。
莫道诗翁舒病脚,临潭菡萏舞婆娑。

壮 游

壮游山寺俯江流，绝壁飞楼爱侣愁。
林海霞辉云壑晚，一声杜宇画屏秋。

雨中诗

陨香堆锦泣苔泥，盛日红妆笑柳蹊。
忍看胭脂含泪去，无情风雨把花欺。

雨后诗

雨霁风花贪晚照，愁肠观景画中消。
黄鹂扑柳珍珠甩，碧草栖蝶霞彩摇。

春（其一）

榆钱摆阔风蝶落，红杏出墙笑挽纱。
香雾千缭得意木，春禽万啭动情花。

攀 岭

攀岭舒怀乳雾中，景观几面看人生。
枯竹育笋千林茂，老柳护溪一带青。
拨草惊蛇湿袜履，爬岩寻路避萝藤。
病躯攒劲乌龟慢，鸟雀哂翁头顶听。

闲趣（其一）

笛曲抚花蝶舞和，翁吟诗赋乐茵坡。
夕阳欲遁春山挽，甩下红霞染碧萝。

旅居登高书怀

酒熨苍颜峰顶吟，旅居巴蜀阅风尘。
一川烟草晴空览，万壑云岚肺腑吞。
仰慕卧龙眠处渺，缅怀诗圣野林深。
落花流水谁能挽，世事常栓万里身。

老　树

老树浓荫歇老翁，拨声枝叶韵清听。
根扎沃土经年茂，干运箐华日月擎。
蜀相祠堂苍柏在，秦皇风雨泰松封。
哪及盛夏阴凉木，傲立苍穹百姓中。

闲趣（其二）

碰脸蚊虫枫树下，蹲观蝼蚁运泥砂。
榆钱匝地编花毯，蟋蟀鸣琴戏野娃。
找趣脑仁思贾赋，排愁肠肚咽烟霞。
黄钟大吕华堂美，病叟衰呆似暮鸦。

立夏有怀

（一）

芳晨何事伫云亭，恭送春光伤病翁。
初夏柳丝轻剪燕，兰花香绾梵林风。

（二）

绿妆赏罢赏红妆，林鸟间关步画廊。
宿雨晴雯初夏爽，岁华销尽老来狂。

肠　断

肠断蚕丛古蜀州，旅衣未换泪先流。
万般思绪云遮岭，无限乡心燕度楼。
菊展秀颐临桂魄，柳舒眉眼媚华秋。
何时更撒苍穹雨，一洗人间万载愁。

登岭书怀

堪慕陈抟鹤寿身，棋童何处烂柯人❶？
丛山劈面云生肘，峭壁临江谷摄魂。
尽瘁卧龙雄碧宇，寻仙秦帝腐川林。
抚昔登岭羸躯老，长对人生感慨深。

注：❶ 烂柯人：典出南朝梁·任昉《述异记》。

昨夜春雨起观之

辽原春夜霖，若绶看花晨。
芳蕊凝脂嫩，林曦簇翠新。

狗（其二）

主人已死葬陵园，家狗闻知守墓前。
昼饿无食垂泪眼，夜陪明月卧石眠。
隆冬风雪蹲如虎，酷夏骄阳缩似拳。
过客呕舌食品放，终随故主赴阴间。

逛景闲题

冲天香气漫槐山，情放千林万壑间。
客醉花荫花笑靥，诗成柳圃柳飞棉。
等闲阅尽人间事，释闷何曾凭画栏。
流逝时光成老病，性浊何处去参禅？

闲行（其一）

草湿袜履心还醉，林密身前暗又明。
日色花间涂彩乱，风光叶面露华浓。
枝悬蛛网擒飞将，泥篆天书隐地龙。
帝厦朱楼云岭外，尘嚣莫惹病诗翁。

千山览胜

（一）

林寺遮天日，莲峰伫望中。

树梢楼驾雾，崖壁殿飞空。

清帝题诗醉，丁仙化鹤鸣。

身披霞彩晓，愁倚万年松。

（二）

情满仙山香满途，登临携眷醉何如？

梵林刻画韩王笔❶，观宇融涵庄李书。

日绣千莲堆烂锦，月雕万壑玉虚图。

雪梨香馥冲霄汉，忘却诗翁是病夫。

注：❶韩王笔：韩，指僧释函可，俗姓韩；王，指王尔烈。

（三）

绀宫叠翠亭石人，宝殿层楼狮吼钟。

佛鸟螺峰啼柳意，仙蝶象岭舞花情。

泉明松日迷萝径，壁挂云梯跻碧空。

历险方知山庙古，娜嬛万化瘆俗翁。

浩 歌

黄河远望蹴天浮，一路狂涛客影孤。

峡劈禹门崖壁庙，兵催岁月海湖图。

烟迷秦晋风陵渡，瀑泻激流壶口书。

万里乡心云岳尽，景观阅历叹荣枯。

自语（其二）

晓日吟诗碧草斋，桑间一鸟上窗台。
树丛偷眼隔花叶，山野熏香有雾霭。
顾我何为毛羽客，泥他无趣鼓肥腮。
相隔咫尺翁老病，旧腐皮囊莫乱猜。

端午吊屈原（其二）

月涌汨罗波，宓妃[1]云阙歌。
至今湘岸墓，树碧泪珠多。

注：[1] 宓妃：屈原诗中的女神。

他乡遇友有怀

相逢谁是烂柯人，羁旅他乡满面尘。
鳗鲡洄游归海死，征鸿跋涉寄云深。
心逐落叶夕阳暮，眼挡秋云巴蜀岑。
蝶侣楼间花卉绕，莫非都是梦中身。

闲题（其五）

花树文禽抛媚眼，蝉藏密叶敞歌喉。
夏林透曙香岚吮，笑在芳丘雪满头。

垂钓（其二）

槐路松崖隐雾梯，钓竿漫把胜磻溪❶。
对歌云雀咱侪侣，媚眼画眉它爱妻。
缗线垂波渔父乐，病躯傍岸野霞披。
学得千古严光❷趣，稳坐花矶早忘机。

注：❶磻溪：水名，在陕西宝鸡东南。相传姜尚曾垂钓于此，遇周文王。❷严光：又名遵，字子陵，会稽余姚（今浙江省余姚市）人，东汉著名隐士。

无题（其五）

自古谁敲牛角歌❶，楼床坦腹望天河。
甄妃泪淌鸳鸯枕，楚客身栖翡翠萝。
锦瑟悲吟缘幻梦，瑶琴不理懒云窝。
奇葩几朵瀛寰有，泣血生涯总是多。

注：❶牛角歌：古歌名。相传春秋时卫人宁戚喂牛于齐国东门外，待桓公出，扣牛角而唱此歌。后用作寒士自求用世的典故。

临邛怀古

临邛琴曲逝芳尘，鸟雀啼残水榭春。
夕照有情留赋圣❶，落花长伴酒垆人❷。

注：❶赋圣：指西汉辞赋家、文学家司马相如，字长卿。❷酒垆人：指卓文君。

趣 游

槐树花荫遮住雨，市廛暂避慕陶朱❶。
滩石蕴彩晴虹艳，岸柳垂波日影殊。
鸦雀脸熟烟水伴，莲峰云笼玉蓬壶。
西施文种❷结局叹，病叟扶筇望五湖。

注：❶陶朱：指范蠡，春秋时期楚国宛地三户（今河南淅川县滔河乡）人。❷文种：也作文仲、字会、少禽，一作子禽，春秋末期楚之郢（今湖北江陵附近）人，后定居越国。春秋末期著名的谋略家，越王勾践的谋臣。和范蠡一起，为勾践最终打败吴王夫差立下赫赫功劳。灭吴后，自觉功高，不听从范蠡劝告，尔后，为勾践所不容，最后被勾践赐死。

自语（其三）

岭月窥窗顾影深，一杯浊酒慰风尘。
天涯何处酬知己，笛里山阳❶失意人。

注：❶笛里山阳：向秀过嵇康的旧居山阳，听到邻人的笛声，怀亡友感音而叹，于是写了一篇《思旧赋》。后遂以"山阳笛"等喻悼念、怀念故友。

市 廛

市廛人脉旺，碧宇蛋青云。
顾客如潮水，商楼列笋林。
眼花成傻帽，车密聚红唇。
馆荡回肠曲，繁华古未闻。

无题（其六）

连城珠宝史空留，血泪凝成悲泪丢。
抱璧荆山传御玺，握珠明月顾随侯。
罗敷跳涧雕潭象，商隐悲歌书莫愁。
神物和人都信有，寸心长放海东头❶。

注：❶海东头：明朝谢铎诗《次儒珍韵》云：莞海东头去路赊，独乘羸马到君家。十年梦里相寻处，依旧青山两岸花。又有句：舞阳屠狗沛中市，平津放豕海东头。

闲题（其六）

古刹半遮云嶂矗，桔红落日碧溪溶。
登楼王粲伤怀赋，皱脸山翁醉酒哼。
老树盘根千路渺，秋林传磬万崖暝。
野菊不晓游人尽，还展芳颜待野亭。

污　源

躲车暴晒奔槐荫，尾气熏翁怒目闻。
霭漫九垓缩地肺，树植四野慰天心。
日挣温室烹湖海，蝉带化肥拨瑟音。
伐骨污源千载恨，羞将毒产付儿孙。

随 吟

一川烟草供惆怅，四美熏陶江海心。
逆旅沉碑[1]垂柳岸，登楼黄鹤渺夕曛。
凤叼楚佩巡罗水，鱼舞湘江鼓瑟琴。
许是仙灵迎倦客，风霜谙尽古今人。

注：[1]沉碑：出自《晋书·杜预传》。（杜）预为后世名，常言"高岸为谷，深谷为陵"。

赞泳将傅园慧

游尽洪荒力，中华奥运花。
丹青无数手，难画汗流颊！

暑 夜

暑夜熬人热浪叠，王昌[1]费墨肯安歇？
戴星茉莉熏香睌，佩月荼蘼媚影荼。

注：[1]王昌：即东家王昌，诗词中常与宋玉并列，一般认为是魏晋南北朝时人。唐朝诗人认为，乐府诗歌中的洛阳女儿莫愁倾慕于王昌。

宫 词

红叶题诗漂御沟，水晶帘卷汉宫秋。
昭阳日影花间去，泪眼支颐五凤楼。

潛暑（其一）

潜暑楼高山树密，青娥❶难觅渺云梯。
心香万瓣抛辽岸，直上碧霄熏舞衣。

注：❶青娥：即青女。主司霜雪的女神。

郊园书怀

郊园雀吵晴光晓，林鹭腾云越剑峰。
野跨虹桥分水态，柳吟锦岸藉菱风。
倒拖花瓣香苔蚁，带病赋诗田舍翁。
铁网珊瑚❶人世叹，强依碧树若为情。

注：❶铁网珊瑚：唐代李商隐《碧城》诗云："玉轮顾兔初生魄，铁网珊瑚未有枝。"

旅怀吟

夕阳甩尾嘉陵暮，楼影颠波灯彩流。
人在天涯杨柳岸，心逐鸿雁蜀国秋。
一声笛曲千峰暗，几度乡思万里愁。
皓月凭栏尘鬓客，为谁挺脊此中游。

园林（其一）

园林逛景粉香闻，草木知秋入野深。
燕雀抛歌翁不顾，红枫染在柳溪阴。

丝 瓜

丝瓜挂在老桃腰，直欲凌云到碧霄。
树顶花开朝客笑，篱园我是最长条。

观景（其一）

吞城雨幕垂霄汉，遍野云衣着翠园。
遮莫雨晴花木艳，夕阳岭上对秋川。

仲 秋

晓雀楼檐叫，美蝶林麓催。
秋何枫壑绘，霞染柳丝垂。
湖碧风生爪，山青云画眉。
浩歌衰老笑，赏景意何为？

倩 桃

倩桃赋就岁时芳，篱院晚归春恨长。
满脸风尘霜鬓相，落花和月泛林塘。

桦 树

笔直桦树指苍天，霞蔚云蒸若许年。
一世岂但添画景，护城几处傍乡山。

南京书怀

目送六朝逐水流，金陵几代帝王州？
凤帏粉黛埋荒草，故垒烽烟警素秋。
羁旅登临国事念，笙歌莫忘海云稠。
锦城阆苑凭栏傲，菡萏香飘抱月楼。

云　里

云里孤峰似坐僧，遮林傍旭意千重。
泉通龙脉天庭近，岩簇洪荒庙宇雄。
半面霞辉群鸟唱，一坡花草野溪横。
残碑古堡蓁丛吊，醉把芙蓉觅圣踪。

山　川

山川境界赏随心，自在光阴自在春。
古刹钟声云外尽，楼亭花木雨中深。
雷击崖壁崩石落，电炫林泉带叶喷。
爱景摩诘[1]识雅趣，妙辞传世至今吟。

注：[1] 摩诘：唐代著名诗人王维字摩诘。

续宋代苏麟《断句》

近水楼台先得月，向阳花木易为春。
梅增柳色书香畹，风展芭蕉拨玉琴。

树 朽

树朽疤鳞鸟不栖，贴额柳叶影披离。
丛菊靠堰石蒿怨，田埂排梯林雾欺。
病体偏知风露早，送秋却道雪霜迟。
细推物理愁何用，野叟情怀溶翠溪。

余 生

柳丝蘸水绾夕阳，车转云崖处处芳。
僧探石泉峡脚度，鸟出林峪岗额翔。
扬雄[1]推易雕虫弃，病叟忘机行世囊。
佛殿停轮合掌拜，余生有意问禅乡。

注：[1] 扬雄：字子云，西汉官吏、学者，博览群书，长于辞赋。

愤 书

天价片酬举世惊，金山搂定若为情？
画堂归燕非王谢，铁网珊瑚插翠瓶。

千山秋咏

野果点漆花裹玉,日婆裁锦绣莲山。
登峰妙趣浩然晓,赏景秋情云壑贪。
溪涧波翻襟抱送,仙台❶鹤渺病翁添。
歌飞碧宇华瞻地,红透枫林为哪般。

注:❶ 仙台:仙人台,千山胜景之一。

暮秋感怀

风刮树叶旋涛落,雁唳长空云海急。
暮齿兜风临崇岳,霜菊入眼笑回溪。
绿怜老病荒坡在,红借珍丛照日迷。
谁叹人生浮世短,看翁赏景崟云骑。

秋尾风雨感怀

树叶乱飘花瓣抖,无边风雨送残秋。
城连霄汉云霾阔,山带江河沃野收。
再配乾坤调色板,更描锦绣古辽州。
迎冬冰雪添词赋,满腹豪情逐水流。

农村小景

花瓣随牛印浦沙,鸟飞野岭入烟霞。
几声犬吠山林晚,绿遍桑麻响遍蛙。

行船（其一）

萧萧草木蘅皋午，岸柳摇波傍碧秋。
山野随船迎面转，黍风沁肺送香稠。
喜逢盛世身偏老，愁入疾肠翁尚游。
屈宋辞章能佩咏，锦鳞佑酒泛中流。

无题（其七）

满脑酱糊贴网络，生涯曲似九连环。
恒娥倚月窥窗近，柳毅传书赴海难。
归梦华胥荆路望，画出莲藕墨汁干。
天遣砥柱神山在，憔悴面容妆镜悬。

闲逛（其二）

枯叶舞风随脚踩，满街车色尾烟多。
香飘果店波罗蜜，山插纤云碧宇罗。
树影捎楼通日景，花荫覆水映城郭。
安身立命有行藏，乐在家园祛病魔。

林 冲

白虎堂中陷阱凶，献刀万古叹英雄。
披枷洒泪辞妻日，神庙斫敌谢火龙。
夜奔梁山风雪怒，气冲牛斗绛河崩。
栖身更被公明误，血海深仇烂腹胸。

久 客

久客他乡倦，离怀梦里惊。
露竹波里月，峦雾谷中灯。
泛梗❶思妆影，川花恋野情。
莼鲈❷堪佑酒，巴蜀众峰横。

注： ❶泛梗：《战国策·齐策三》："有土偶人与桃梗相与语。桃梗谓土偶人曰：'子，西岸之土也，挺子以为人，至岁八月，降雨下，淄水至，则汝残矣。'土偶曰：'不然，吾西岸之土也，土则復西岸耳。今子，东国之桃梗也，刻削子以为人，降雨下，淄水至，流子而去，则子漂漂者将何如耳。'"后因以"泛梗"喻漂泊。
❷莼鲈：《世说新语·识鉴》："张季鹰辟齐王东曹掾，在洛，见秋风起，因思吴中菰菜羹、鲈鱼脍，曰：'人生贵得适意尔，何能羁宦数千里以要名爵！'遂命驾便归。俄而齐王败，时人皆谓为见机。"后来被传为佳话，演变成"莼鲈之思"也就成了思念故乡的代名词。

旅 意

秋藤野蔓槿篱披，山卧云林星荡溪。
客子无眠花月里，不知风露浸征衣。

舟楫

舟楫载酒醉芳朝,碧水环山瞭望高。
鹤侣贪春君子树,鸥朋邀客谢娘桥。
柳荫撑破吞云日,稻岸聆听漱玉涛。
盛世游踪娱野叟,陆机❶婴网不须嘲。

注:❶陆机:字士衡,吴郡吴县(今江苏苏州)人。西晋著名文学家、书法家。任后将军、河北大都督,率军讨伐长沙王司马乂,却大败于七里涧,最终遭谗遇害,被夷三族。

附体病魔

附体病魔心眼歪,梦中蝼蚁尚缘槐。
缚足神骥蜗牛慢,箍脑甘罗❶武大呆。
步月芙蓉香露坠,听琴林壑带泉来。
达观便是降魔杵,玩景舒怀亦快哉。

注:❶甘罗:战国末期下蔡(今颍上县甘罗乡)人。战国时期秦国名臣甘茂之孙,著名的少年政治家。

初雪

云飞霄汉沉星夜,院树层楼风雪晨。
梨蕊卖萌霓海舞,莲峰冻醒黛眉颦。
铺城吻脸千街素,缀玉怡神万壑林。
老叟衰呆冰草拌,日出顿觉宇寰新。

千山伫望

东天涌起玉芙蓉，一望千峰云气蒸。
庙宇香烟浮昼夜，应从此处问长生。

无 寐

池水飞星射影白，眼昏无寐坐楼台。
黍离千载楸梧月，辞富当朝贾宋才。
林莽流光云岳在，郊园叠翠锦秋来。
老逢盛世花夕醉，皓首低吟古往哀。

行 旅

雄鸡报晓披花立，翁挎行囊赴旅程。
泪洒民勤苏武庙，诗接山水谢宣城[1]。
云观江树红曦染，客试沙驼古道晴。
收获颇丰皆仰慕，归来庭院啸秋风。

注：[1]谢宣城：字玄晖，汉族，陈郡阳夏（今河南太康县）人。南朝齐杰出的山水诗人。

紫花地丁

雪化冰消又见君，紫妆鬓首绿裁裙。
向阳坡底嫌然笑，不是寒梅也报春。

郊 外

桠叉老树饱经霜,雀探肥脖拨叶藏。
山势凌云城宇外,车流交野路途长。
布帷薜荔朝霞蔚,带病赢翁诗兴狂。
李杜穷途千古恨,更闻秋暮黍风香。

驱病魔

生态何时脏腑和,病魔宴舞日夕歌。
脚当药饵林园去,山入灵台云水多。
黄帝内经通宇宙,樊川❶绝句贯天河。
倾心仰望驱魔笑,高咏华章挹翠萝。

注:❶ 樊川:唐代诗人杜牧因晚年居长安南樊川别墅,所以号"樊川居士",后世称"杜樊川",他的文集也就叫《樊川文集》。

早春(其一)

海念妖氛幻蜃楼,满腔热血锦间愁。
山披雪袄林容瘦,河戴冰冠岸脚收。
何逊❶咏梅标物序,绮窗返照映春丘。
书怀故友身多病,怒目群魔天尽头。

注:❶ 何逊:南朝梁诗人,字仲言,东海郯(今山东省兰陵县长城镇)人,何承天曾孙,宋员外郎何翼孙,齐太尉中军参军何询子。八岁能诗,弱冠州举秀才,官至尚书水部郎。诗与阴铿齐名,世号阴何。文与刘孝绰齐名,世称何刘。

深 冬

风号楼林寒曙城,深冬麻雀闹园亭。
缘何云汉垂苍狗,照眼东山还看翁。

书白居易题诗❶戏薛涛事

题诗妄自戏薛涛❷,噙泪香梨待月遥。
欲把仙闱情锁系,灵槎浮海不通潮。

注:❶白居易题诗:指《赠薛涛》:"峨眉山势接云霓,欲逐刘郎北路迷。若似剑中容易到,春风犹隔武陵溪"。❷薛涛:字洪度,京兆长安(今陕西西安)人。唐代女诗人,成都乐妓。其诗《谒巫山庙》写道:"朝朝夜夜阳台下,为雨为云楚国亡。惆怅庙前多少柳,春来空斗画眉长。"

柳 永

奉旨填词市井哀,断肠箫曲奏楼台。
白衣卿相骚坛客,抆泪红颜扶醉来。

川原(其二)

川原尽带感情包,人类谁知被吐槽。
植被病容沙暴怒,雾霭笑靥宇寰糟。
滑坡泥灌山神嘴,酷日湖低龙女腰。
莫怪老天施警戒,敌藏禽腹正磨刀。

斑 雀

斑雀枝柯念俏腔，怪翁遇事净瞎忙。

日挪花影初晞露，天换时妆黄草冈。

怀璧婉儿❶宫殿殒，茹芝彭祖❷寿辰长。

细思梦醒林朋谢，识趣还游野峪乡。

注：❶婉儿：上官婉儿又称上官昭容，陕州陕县（今河南省三门峡市陕县）人，唐代女官、诗人、皇妃。❷彭祖：先秦道家先驱之一，寿数合今天130岁。

问 妻

日暮扶筇冰雪封，星垂城宇万家灯。

想妻老眼餐桌望，戴月扶筇夜幕中。

溽暑（其二）

溽暑翁享翠谷风，染花返照射波红。

镜浮云嶂回白首，身绕蜂蝶跟屁虫。

古庙荒台人已没，井泉松籁韵无穷。

马融❶辞赋能高咏，谁奏断肠丝管声？

注：❶马融：字季长。扶风茂陵（今陕西兴平东北）人。东汉时期著名经学家，一生注书甚多。

伫 望

沃野菁林岸，芳园霞陂楼。

月明沧海曙，雪泛戏波鸥。

翁瞽

翁瞽雪光暝，萧萧岁暮风。
敛山云脚树，迷月画楼灯。
台海阴霭满，萨德韩日凶。
强国城宇望，心绪总难平。

时事感怀

霸权梦呓水云深，航母军机逼脑门。
兵略师遵孙武子，巾帼纫佩许夫人❶。
卫疆亿众赢寰壮，满亩香兰莠草熏。
神剑倚天妖孽镇，老翁怒目海南云。

注：❶许夫人：姓陈名淑桢，福建莆田人，闽广招抚使、参知政事陈文龙之女，抗元英雄，因嫁给许汉青为妻，故俗称"许夫人"。

腊月

腊月冰藏白雪路，衰翁举步意何为。
云山傍日钢城护，商厦通衢碧宇围。
冻树挂花风舔立，郊坡枯草雀追飞。
马融岂惧年华暮，病趾豪情赴雾陂。

冬日观景

城宇霞微冰雪暮，崇楼霓彩照通衢。
赋诗落日衰鸭步，假岭舒情有柳渠。
口水歌闻靠馆近，轿车灯满冒烟趋。
病翁观景无情绪，眊眼风寒岁月虚。

雾霭（其一）

雾霭魔咒念，奈苑[1]日何如。
帝阙蚀龙榻，间阎噬柳庐。
病翁环宇叹，走兽野林哭。
坟典寻踪影，魔根憧憬除。

注：[1] 奈苑：即毗耶离庵罗树园，释迦牟尼佛说法圣地之一。后也指佛寺。

释闷（其一）

岁律逼春近，正冠冰雪州。
暮垂霞岖岭，日落彩虹楼。
雀坠风枝颤，笛哀月渚愁。
诗豪怀旧老，翘楚占鳌头。

七 夕

鹊桥牛女渡，尘世望天河。
情泪千秋涌，天河渡若何。

释闷（其二）

岁余冰雪残，翁老有谁怜。
连黛云峦树，褪白风谷川。
市廛回皓首，杯酒忆华年。
千古登台赋，泪流枯草前。

林 逋[1]

鹤子陪篱院，结缡梅岭香。
山亭浮月色，溪柳落星芒。
高卧云霞会，躬耕日月长。
薪传佳句妙，不宜醉歌狂。

注：[1]林逋：字君复，后人称为和靖先生，奉化大里黄贤村人，北宋著名隐逸诗人。

雪（其二）

登楼飞雪涌，披絮俯寒江。
万树拥城阔，千山吞野狂。
舞花风作扇，饰玉榭临妆。
岁暮凭谁问，文房[1]徒自伤。

注：[1]文房：唐代刘长卿字文房。

秋 陂

雾霭散尽逛秋陂,槿径流芳丽日迷。
菊送蝶媒抬粉颈,林遗鸟使落花篱。
草塘时奏青蛙鼓,松籁风闻桓子❶笛。
千古陈抟❷垂老慕,赴约美过武陵溪。

注:❶桓子:字叔夏,善吹笛,有"笛圣"之称。❷陈抟:字图南,号扶摇子,赐号"白云先生""希夷先生",北宋著名的道家学者、养生家,尊奉黄老之学。

咏史(其一)

为有孤臣复汉心,戍楼弄险抚瑶琴。
丈原星殒恸哭后,多少遗贤梁甫吟。

无题(其八)

沃野情怀云水深,歌和天籁老龙吟。
冯夷❶击鼓湘娥舞,珠阙披霞驻日轮。

注:❶冯夷:是中国古代神话中的黄河水神,也作"冰夷"。《抱朴子·释鬼篇》里说他过河时淹死了,就被天帝任命为河伯管理河川。传说河伯是鱼尾人身,头发是银白色的,眼睛和鳞片是流光溢彩的琉璃色。

白 云

白云苍狗叹,皤发病中添。
夜雪逼春近,草堂犹未眠。

春 梅

蝶撵青溪子[1]，春梅带恨留。
不及和靖[2]稳，美妇月篱收。

注：[1]青溪子：李涉，唐代诗人，自号清溪子。[2]和靖：林逋，字君复，后人称为和靖先生。

观景（其二）

霓城河野暮，海日紫霞山。
岸伫骚坛客，裙飘月下仙。

减 寿

减寿飞花赋，山涵落照心。
从来轩冕客，不爱武陵春。

倩 秋

倩秋一曲月如霜，万壑高城俯碧江。
姹女回眸霓海渺，天男有梦桂楼香。
繁星沉彩临崇岳，锦水悬灯炫画梁。
总是耆卿[1]金榜望，滞留市井意彷徨。

注：[1]耆卿：指柳永。柳永，字耆卿，崇安（今福建武夷山）人，北宋词人，婉约派最具代表性的人物之一，代表作《雨霖铃》。

娜嬛

娜嬛谁管百花司？绣口兰心异秉时。
桥畔埋香苏小小，娼楼戏凤李师师。
明珠不采归沧海，美玉把玩失翠陂。
抱恨终生流水逝，莫留粉黛惹人思。

无题（其九）

恍然游衍到层城，有梦无心云递情。
焕彩瑶姬霓带舞，吹笙王子❶凤凰鸣。
汉家陵墓多烟树，瀚海龙堆少碧峰。
欲问巡天骑鹤客，飘飘仙袂渺无踪。

注：❶王子：指王子乔。《太平广记·神仙四·王子乔》：王子乔者，周灵王太子也，好吹笙作凤凰鸣，游伊洛之间。道士浮丘公接上嵩山。十余年后，来于山上，告桓良曰："告我家，七月七日待我缑氏山头。"果乘白鹤驻山巅，望之不得到，举手谢时人而去。

幻境

乘坐鲲鹏擘海翼，云霞跌宕陟何方。
羊脂美玉贻翁佩，凤雀钗环舞女妆。
凫舄❶飞天兰殿曙，莲台彩塑宝幢香。
君平难测诗仙梦，幻境消亡病在床。

注：❶凫舄：指仙履，喻指仙术。

趣改郁达夫诗[1]

百道飞泉石上流，千章花木惹清愁。
山含泪眼晴雯绾，燕带夕阳度驿楼。

注：[1]郁达夫诗：指《宿汤山温泉夜闻猛雨两首》其一：百道飞泉石共流，千章花木惹清愁。离人一夜何曾睡，山雨山风共入楼。

咏史（其二）

柱史[1]休回首，洪崖[2]不可攀。
仰观宗庙宦，谁泛五湖船。

注：[1]柱史：这里为"柱下史"的省称，代指老子。另，星名，在御女星的下面为柱史，负责每天记载紫宫中发生的日常大事。柱史一名，系史官将每旬要办的国家大事挂在宫中柱上而得名。[2]洪崖：传说中的仙人名。

理 愁

泉流松濑作龙吟，瞩目九皋云雾禽。
贪宦百般财色梦，哀弦千古圣贤心。
黄屋[1]凌替山河碧，物欲奢求炼狱深。
病叟理愁林野去，仲尼[2]笑尔泣麒麟。

注：[1]黄屋：指古代帝王所乘坐的车的黄缯车盖，也指帝王的车。[2]仲尼：孔子名丘，字仲尼。

酒渴

酒渴江清匹练横,彼何人也坐梨亭。
水摇岸景云帆动,山载林溪碧宇擎。
柳絮鱼吹芳野旷,绿畴鸟唱黍风生。
元白诗咏眉须老,花落矶石访钓翁。

舒眉

晓山初浴日,湖映碧楼园。
无忌风蝶照,莫愁廊榭妍。
忘机花草盛,却病鹭鸥闲。
蔗境输云梦,舒眉荡鹡船。

鲁叟

鲁叟迷津叹凤凰,西园镇日戏鸳鸯。
曲终几处芳尘觅,诗赋千秋病腑伤。
压倒元白杨汝士[1],善歌金缕杜秋娘。
尽挥笔墨知何用,且饮香醪入醉乡。

注:[1] 压倒元白杨汝士:唐宝历间,杨嗣复在新昌里第宅宴客,元稹、白居易都在座,赋诗时,刑部侍郎杨汝士的诗最后写成,也最好。元白看后为之失色。当日汝士大醉,回家对子弟说:"我今日压倒元白!"事见五代王定保《唐摭言·慈恩寺题名游赏赋咏杂记》。

述意（其二）

何时病榻变蛰龙，碧野情怀总是空。
恨举昆仑魑魅压，闷开陆海柰园通。
天河倒泻三闾笔，终古熏陶五柳风。
莫道庄生蝶梦醒，抛书还念梵林钟。

晨练所见

如觇玉阙仙，冰雪彩霞园。
曲奏团操美，毽踢初旭圆。
舞姿随彩扇，锦羽旋碧天。
翁病霜林慕，北国春尚寒。

早春（其二）

朔风冰雪路，天插日辉楼。
林野驮云岳，城湖卧雾洲。
老街车色满，怀友雁行愁。
冻树莺花盼，早春寒意稠。

洞庭湖歌

秋月涵波宝镜磨，湖轩霓影炫星河。
君山不抆湘娥泪，还在银盘撴碧螺。

野趣（其三）

抬履甩苔山谷[1]闲，杖藜指处笑翁癫。

野花撵鸟旋风落，溪水映桥朝客弯。

春美楼亭依柳带，蝶欢林麓撒榆钱。

何方神圣嘲咱也，松鼠松枝绷脸餐。

注：[1] 山谷：黄庭坚（1045—1105年），字鲁直，号山谷道人，晚号涪翁。

登千山

软红稠里春山晓，谁放云霞千朵莲。

脚蹴天庭临宝殿，不知何处是人寰。

羁旅叹

故楼明月远随人，落叶穷秋万里身。

数曲风笛秦树晚，岭头一雁度青云。

云

变幻桑田沧海情，布霞播雨作奇峰。

沉浮千载人间世，总在阴阳表叙中。

观日出

张臂崖前云外指,群峰纵骥赴天都。
城楼昂首晴光晓,万道红霞捧日出。

读 史

读史钩沉似弈棋,推窗叹惋许多时。
归帆载凤刘郎浦❶,响舞摇铃越女屐❷。
玉兔抚昔忙捣药,金乌造景映回溪。
轩辕今古山河在,树飞鸟影过楼疾。

注:❶刘郎浦:"绣林十景"之一,位于湖北省石首市城北的长江北岸,是一个渡口,原名浦口,因蜀汉先主刘备曾在此处屯兵纳婚而得名。三国演义中"赔了夫人又折兵"的故事就发生在这里。❷响舞摇铃越女屐:越王勾践为向吴国复仇使美人计,把西施送给昏庸好色的吴王夫差。夫差得西施后,终日沉溺于歌舞酒色之中。西施擅长响屐舞,夫差命人把御花园的一条长廊下挖空,放进大缸,铺上木板,取名"响屐廊",让西施身系小铜铃佩带宝玉在木板上起舞。

金 殿

金殿佛光宇宙浮,右胁露日野林图。
香云有梦莲台院,花雨无心鸟兽窟。
碧透峰峦踩脚下,红调楼榭病翁孤。
欲将宏愿阇梨诉,钟磬声声泉壑出。

圣 贤

圣贤曾抱麟，松骨悦岩筋。
孔孟文渊窑，颛顼[1]坟典闻。
鼠食官库谷，车震柳林禽。
草芥能裨世，芰茯慰祖心。

注：[1]颛顼：中国上古部落联盟首领，"五帝"之一，姬姓，号高阳氏，黄帝之孙，昌意之子。颛顼生子穷蝉，是虞舜的天祖。后来的夏、楚都是他的子孙。

芳 草

芳草暮秋凋，霜华映客袍。
眼眯巴野霰，耳鼓剑门飙。
宿鸟独枝醒，归鱼隔海遥。
飞蓬迎旅次，后羿恨同曹。

喜鹊（其一）

喜鹊搭窝桦树高，层楼不减逆风涛。
夕飞育子朝还见，雨雪年年损鬓毛。

为 客

鸿图未展客殊方，市野卖萌学李庄。
菊圻秋园金锁甲，竹摇山野绿沉枪。
云杉邃殿随蝶谒，雾峪酸梨带露尝。
满脑乡思浑忘却，草丛笑觅纺织娘。

故园歌

草增翠色连天幕,花秀红妆炫日多。
云阙飞琼❶荷盖坐,瀛州仙乐画廊和。
身衰杨柳拂楼槛,翁老湖禽浴藻波。
盛世胆肥追李杜,余年谁晓故园歌。

注: ❶ 飞琼:传说中的仙女,是西王母身边的侍女。

足 踏

足踏熏花趼,岚围翠欲流。
柳湖蝶眨眼,松籁鸟调喉。
篱院山光里,雕楼古渡头。
林泉衰老付,不用怨芳秋。

长江颂(其一)

经天东去携云雾,风雨鸥追万谷船。
碧水龙蟠流域阔,锦埼虎踞市廛繁。
洪涛隐语连峡笑,华夏培根沃野涵。
融汇百川归大海,无穷母乳壮轩辕。

北国春

柳眼啼春鸟,桃腮映水楼。
红开青帝殿,绿爱奈园丘。

旷野书怀

崇冈枕带云岑插,蒿渚犹添旷野怀。

黄帝薪传归地脉,仙姬梦寐望天台。

稽留总是花飘雪,思旧能舒病损腮。

一苇渡江[1]翁所慕,揽兰哪顾返书斋。

注:[1]一苇渡江:传说达摩渡过长江时,并不是坐船,而是在江岸折了一根芦苇,立在苇上过江的。现在少林寺尚有达摩"一苇渡江"的石刻画碑。

初 晓

初晓高楼隐月华,天凸鱼肚孕曦霞。

横郭山势渠前拐,映水花姿雨后佳。

好鸟陪翁吟碧树,美蝶热舞炫学丫。

月宫仙子慵应寐,欻见云宫敷紫纱。

孤 独

王乔思损日夕身,寂寞园林寂寞魂。

梨动朱楼香雪月,蛮弹紫陌绿绮琴。

山茶云鬓杨妃[1]卧,岩抱松枪虎士蹲。

老朽还将春景赏,病余剩有暮年心。

注:[1]杨妃:唐杨玉环。

羁旅吟

团阶花露承睫润，蜀郡稽迟巇野秋。
山寺风闻林杪磬，柳河水绕岭云楼。
鸽园想象天竺地，凤沼销愁翡翠洲。
欲置仙槎鲸海去，隔河牛女与同游。

病余诗

渤澥蓬莱殿，潇湘江雾峰。
求仙失御路，鼓瑟泣皇英。
抚事遗翁老，追昔梦寐空。
踏屐林岳望，还盼葛洪逢。

逛景（其二）

烟楼晴日野，松径柳塘鸭。
林隐文翁肆[1]，岸摇菖蒲花。

注：[1] 文翁肆：文翁为汉景帝时蜀郡太守，重视教育，建立学校，并推广到全国。杜甫《题衡山县文宣王庙新学堂呈陆宰》："我行洞庭野，欸得文翁肆。"

相思（其二）

一夜相思几处同，故乡欲返又成空。
金闺倩影旅人泪，共望千山明月中。

郊 游

笼日苍烟谷口流,媚翁崇岫挽云鬏。
春怜林隙贪阳草,鸟怨珍丛绿野楼。
暖风梳发兰亭午,蛙鼓无声萍沼愁。
漫落郊游垂老泪,华亭鹤唳[1]叹何由。

注:[1]华亭鹤唳:南朝宋刘义庆《世说新语·尤悔》:"陆平原河桥败,为卢志所谮,被诛,临刑叹曰:'欲闻华亭鹤唳,可复得呼?'"

书意(其二)

蜀巇劈面盘空曲,秦岭浮云入紫微。
八水[1]龙图横禹甸,五原鹿鼎问宫闱。
史实电扫开新宇,血泪胸铭劫后灰。
俯仰乾坤鸿愿在,山河带砺总难违。

注:[1]八水:指渭、泾、沣、涝、潏、滈、浐、灞八条河流。

春(其二)

遍野桃花任鸟啼,山衔落日傍楼移。
萍湖亭上连城望,次第芳菲映水低。

春景歌

雨打桃花风帚扫,香浮草毯粉丝湿。
幽情丽质兼春远,雨霁楼园返照时。

春景醉题

（一）

啼落红花莺不知，百般美景绘春时。
倩裙配草葱心绿，墨镜反光猫眼奇。
帝厦摩云出胄子，豪车驰路坐瑶姬。
山陵丽日芳菲满，老叟衰呆醉若泥。

（二）

桃李争妍傍水开，柳眉照镜挂桃腮。
美蝶偏懂秾华意，吻破花房带粉来。

长江颂（其二）

峡泻江流到碧天，岸罗林麓市乡连。
映波栈道盘云岳，临野洪荒沃锦川。
淘尽英雄多故垒，融合宇宙做摇篮。
舳舻千里朝夕看，浴日霞辉烂锦悬。

秋　城

秋城转日山亭午，野谷云开金碗出。
鸟引诗翁登顶望，碗中彩绘玉蓬壶。

逛景有思

密叶息蝶浴日深，莺花亭午转楼阴。
香熏紫陌摩诘画，国满美声单父琴[1]。
盛世豪鳌春景览，环球风雨鼓鼙闻。
莫将蔗境等闲看，花蕊群蜂采蜜勤。

注：[1] 单父琴：典出《吕氏春秋》卷二十一《开春论·察贤》："宓子贱治单父，弹鸣琴，身不下堂而单父治。"后以"单父琴"为称颂地方官治绩之典。

山寺行

晓露滴溜滚粉英，螭甍宝塔玉玲珑。
树浮云彩临丹壑，钟荡春林出碧宫。
心想伽蓝隔雾看，履经棘径坦途通。
胆肥松树悬崖壁，鸟雀妙啼缘老翁。

咏　怀

风雨芦花秋渚愁，历朝帝宦逝东流。
九嶷泪落苍梧庙，千载云空黄鹤楼。
胜迹后人凭吊览，朝核当世有劫忧。
咏怀谁懂寒儒意，白发苍苍对野鸥。

奉节赞歌

（一）

峡谷雄开崖壁门，大江争渡野云深。
城临古岸鸿图绣，多少华章咏到今！

（二）

滔天巨浪涌峡门，万里长江醉客魂。
锦绣奉节临野岸，走出筑梦画中人。

春暮（其二）

春暮风花堆砌红，扶筇偶做玉溪翁❶。
悲歌谁睡栖霞岭，泣血怒眸丹凤宫。
雪落窦娥冤夏月，尘封帝制泯苍龙。
苔街多少断肠事，总在沉思花雨中。

注：❶玉溪翁：李商隐，字义山，号玉溪生，又号樊南生，祖籍怀州河内（今河南焦作沁阳），出生于郑州荥阳（今河南郑州荥阳市），晚唐著名诗人，和杜牧合称"小李杜"，与温庭筠合称为"温李"。

游园诗

日梭云絮穿，照影婉花山。
鱼跃湖抛玉，莺歌榭奏弦。
国绥游客盛，春美耄翁闲。
千古轩辕地，飘如阆苑仙。

旅途吟

（一）

明月江清心可鉴，翁颜病损嶂罗屏。

抚碑欲坠岘山泪❶，傍木还闻旧日声。

谙尽风尘回皓首，旅息雁序列征程。

承吉❷自是松云客，何事偏朝异域行。

注：❶岘山泪：典出《晋书·羊祜传》，意为百姓至岘山凭吊羊祜而流的眼泪。后谓因感念地方官德政而流的泪。❷承吉：唐代诗人张祜，字承吉，南阳人。

（二）

树色侵江连野阔，晨峰抱日紫霞高。

岸延林莽天涯去，关没荒芜秦汉遥。

白发登临悲逝水，神州鼎盛仞城郊。

百年世事孰能料，不愧今生走这遭。

叶 落

叶落秋江逐水流，雕栏桥畔醉金瓯。

围城云岭苍穹蠹，浴日桑麻沃野稠。

岁月蹉跎潘鬓改，青娥罔顾祝融愁。

安得仙阙九节杖，雨露调和滋郡州。

旅游（其二）

殿罗鼎镂树高低，跻岳肩和宇宙齐。
聚翠云端红日揽，舒怀酒美赋诗迟。
水流堰脚濯足趣，花簇坞帮叠嶂奇。
盛世抚昔翁哪老，俯城山崝带云骑。

书意（其三）

（一）
手持罗汉青竹杖，林岫摩空伴日出。
镀玉露花珠串落，贴金野卉翠岚浮。
国民康富耆翁乐，官宦贪腐盛世除。
天外阴霾登岗望，襟怀难放彩霞湖。

（二）
云消山崝撑晴空，雨霁河波透彩虹。
交颈鸳鸯菖蒲里，并翻苍鹭树丛中。
望夫山上肝肠断，连理枝头血泪红。
物态人心朝暮在，销魂绿野野芳浓。

吟杜甫咏怀诗

湖映云霞莎岸树，翁吟杜甫咏怀诗。
迎阳老脸垂沟壑，好鸟知音唱柳丝。
滚滚词涛雄万古，绵绵律意汇千溪。
气冲霄汉芳园晓，想象忧国流泪时。

野外书怀（其一）

历朝谁叹黍离离❶，新世垂纶坐钓矶。

水荇漂裙光湛日，柳亭对弈鹊登枝。

桓伊❷泉配笛声远，屈宋❸林吟赋语迟。

老朽追昔先圣悼，感今带酒醉松溪。

注：❶黍离离："彼黍离离"，出自《诗经·国风》中的《黍离》。❷桓伊：东晋将领、名士、著名音乐家，善吹笛。❸屈宋：屈原与宋玉。

旅思（其二）

（一）

千寻树杪亭，万里九秋蓬。

亭撒离人泪，雁飞夕照峰。

（二）

稽留巴蜀望，何处是乡庐。

晚照千峰远，长天一雁孤。

江霞叠野树，市井列花坞。

王粲登楼罢，泪流归梦初。

野峪遐思

九皋烟水来天地，岸锁河源野峪深。

地貌归宗驰虎豹，天衡盘古动星云。

颛顼不改空桑愿，后羿终存射日心。

酒慰尘颜石岸伫，史诗赓续到如今。

感唐刘氏杂言寄杜羔云君诗而作

城入江云曙色流，林亭怅望杜兰秋。
离思纵骥蜈蚣岭，愁绪收翮鸾凤楼。
柳带牵魂迷日冕，罗裙映水艳花丘。
聊将锦瑟膝前弄，一曲白头吟翠丘。

园林（其二）

园林雨后润如酥，楚楚亭花晚照初。
牵狗赢翁槐陌入，靓装少妇柳荫出。
陈琳[1]笔健沉香露，金谷烟消坠绿珠。
佳景情知欢会老，嗟余千古草根孤。

注：[1] 陈琳：字孔璋，广陵射阳人，东汉末年文学家。

无题（其十）

梦登星汉畔，帝阙叩云阍。
天老拈髯笑，月姨依桂颦。
瑶池排盛宴，艾藿困刘琨。
失路笛吹闹，谁听山水音。

野　晴

野晴云里山，日落水中天。
万籁一声鸟，孤岩百道泉。
脚登灵运履，志逊祖先鞭。
笔汇林文藻，眼逐岚谷船。

无题（其十一）

红楼柳旭映花栏，城宇连云顶破天。
岁掷韶华潘鬓雪，风播燕舞树梢弦。
世俗堪画阴霾在，海眼无珠锦贝闲。
病叟枉学夸父事，且将抓手放青山。

书野趣

（一）

花房宿露垂香径，水映云山九曲屏。
杨柳喜风春剪铰，林隙戏蟹锦茵晴。
荻溪还奏青蛙鼓，野树时摇鸟羽翎。
闹市车烟翁未惯，美歆岩角弄青藤。

（二）

惊鹊度烟花叶动，曲渍绿垌望茏葱。
照溪楼厦如积木，欺岳丘峦似坐熊。
哑嗓逼鸦跌杪笑，跛足追鹜老牛行。
蝶前摆谱装年少，好个吟诗陆士龙[1]。

注：[1] 陆士龙：陆云，字士龙，吴郡吴县（今江苏苏州）人，西晋官员、文学家，东吴丞相陆逊之孙，大司马陆抗第五子。与其兄陆机合称"二陆"，曾任清河内史，故世称"陆清河"。

谢朓楼

常驻春光谢朓楼，傍山巘耸日华收。
荼蘼亭榭香丝绾，杨柳池阁媚眼丢。
梦寐鸿都云路邈，驱石流血[1]海桥愁。
祖龙逯迹思无赖，叠嶂江心望去舟。

注： [1] 驱石流血：《三齐略记》："始皇作石桥，欲过海观日出处，于时有神人，能驱石下海，城阳一山石，尽起立……云石去不速，神人辄鞭之，尽流血，石莫不悉赤。"

桂 花

桂花含泪月华中，断续蛩鸣断续风。
叶伴繁星临水动，香浮倩影透窗浓。
触怀不减高唐梦，写意空归洛赋情。
李杜诸贤千古咏，哪知夜夜寂无声。

野外书怀（其二）

杨柳千条荡翠萍，水声潋潋岸禽鸣。
芳林浴日风花径，远嶂盘空云雾屏。
草木年华蝶暗度，山泉襟抱谷中横。
苏秦背剑[1]传千古，愧我白丁未了情。

注： [1] 苏秦背剑：中国古人历来爱佩剑，传说苏秦游说六国连抗秦时，背后斜跨长剑用于防身。苏秦以一己之力促成崤山以东的六国联合，使强秦不敢出函谷关十五年，又配六国相印，叱咤风云。

观景有思

张翰❶有词文苑叹，衰颜蓬鬓景观悲。
春花已暮凋残尽，宿露未干依旧垂。
柳絮迷蝶翻雪浪，楼园抱日泛金辉。
祢衡❷击罢渔阳掺，正是平生未展眉。

注： ❶张翰：字季鹰，吴郡吴县（今江苏苏州市）人。西晋文学家，留侯张良后裔，吴国大鸿胪张俨之子。有清才，善属文，性格放纵不拘，时人比之为阮籍，号为"江东步兵"。著有文章数十篇，行于世。❷祢衡：字正平，平原郡（今山东德州临邑德平镇）人，恃才傲物，和孔融交好。孔融著有《荐祢衡表》，向曹操推荐祢衡，但是祢衡称病不肯去。曹操封他为鼓手，想要羞辱祢衡，却反而被祢衡裸身击鼓而羞辱。因此，曹操就把他遣送给刘表，祢衡对刘表也很轻慢，刘表又把他送给江夏太守黄祖，最后因为和黄祖言语冲突而被杀，时年二十六岁。黄祖对杀害祢衡一事感到十分后悔，便将其加以厚葬。

喜鹊（其二）

喜鹊啄花摇尾乖，榆钱如雨撒楼台。
杨柳梳风春色挽，心扉开处野芳来。

赏景书怀

碧水禅心鸟语闲，船移蒲溆近仙山。
庙深树色弥霄汉，野阔鹰姿浮岭端。
运蹇苏黄花卉贱，年耆雾水夜萤淹。
吾侪无计临川岳，长啸一声入梵天。

端午节吊屈原

（一）

泣血骚歌投汨罗，烝黎罹难楚宫何。
凤叼讣告疼湘蒲，龙扯挽联悲月娥。
末路雕颜秦虏恨，列国争霸鼓鼙多。
赛舟包粽招魂日，莫忘魔窟战剑磨。

（二）

天道君临曲似弓，谪躯还溺汨罗中。
阿房楼榭存坟典，皇帝衣冠埋地宫。
缤史终须龙脉颂，避邪莫若宇寰清。
灵均假使魂还在，喜看神州盛世容。

怀古诗（其一）

花满楼台月满怀，芝田梦里宓妃来。
陈王不道相思苦，却向洛河描玉腮。

枯 坐

麻雀摇头怪我呆，傻瓜自古密如苔。
韩彭功就成菹醢，温李文消济世才。
花雨捎蛾迎日舞，莺歌配乐梵林来。
酒酣枯坐甚情绪，头脑茶如旷野柴。

探山难

上山容易探山难,踏破难关各自缘。
君看巉岩喷雾处,踞如猛兽噬青天。

村野夕

掬水月华盛满手,揽花玉蕊粉粘衣。
拱怀野趣谁知晓,蛙鼓敲残村夏夕。

旅次书怀

树隔烟水两重天,鸟带夕阳度蜀川。
车色满城杨柳路,花姿簇锦玉楼园。
乡山阻断他山矗,心绪才收愁绪添。
不尽离怀原野望,鸳鸯双浴粉荷湾。

归 翁

石色苔文翻古篆,蘼芜盈手绿溪春。
翠微树里云鬟俏,紫燕影中霜鬓深。
薄暮归翁荒草径,西山落日枕绯云。
撒眸慕煞渊明老,兰叶沾鞋香附身。

月夜书怀

花影月徘徊，嵝云夜不开。
纵情歌绕树，念故泪流腮。
林野星河阔，城楼灯海埋。
诗仙归草芥，赋圣已尘埃。

公园书情

湖轩傍岸碧山晴，宿雨香烟夏味浓。
湿叶霞珠兰殿晓，映波杨柳画檐亭。
病翁得句寻张翰，盛世治国多魏征。
老迈襟怀仙苑放，断肠笛曲绾东风。

闲 行（其二）

浓荫满院谁家树，村店花发一径红。
折柳空歌白苎调，度桥骤觉翠溪瞑。
云移楼象衰翁走，摄影林托远岫青。
梦笔江郎瞧俺笑，诗投沃野化秋声。

诗赛感触

诗运浑如东逝水，长空比翼类飞蓬。
犀牛望月沉香雾，精卫衔石碧海空。

看景有思

树色千层返照间,天牵云锦绾林原。
龙媒追月化石黛,蝶梦攀花种砚田。
野阔城高郊景暮,车驰路绕彩霞山。
病夫气馁呆鸡样,盛夏非吾乐趣添。

余 年

皤发苍颜观夏景,余年学易怆然知。
莫滴沾臆牛山泪,且咏先贤晚照诗。

怀古诗(其二)

盼盼相思燕子楼[1],莺莺夜月傍花愁[2]。
有情偏爱风流种,血泪长流鸾幌秋。

注:[1]盼盼相思燕子楼:唐代名妓关盼盼有诗《燕子楼》:"适看鸿雁岳阳回,又睹玄禽逼社来。瑶瑟玉箫无意绪,任从蛛网任从灰。"[2]莺莺夜月傍花愁:崔莺莺诗:"自从销瘦减容光,万转千回懒下床。不为傍人羞不起,为郎憔悴却羞郎。"

无 奈

绢朵文禽相与清,韶华无奈老龙钟。
草蝶舞罢云霞晚,琴曲销魂绾暑风。

牡　丹

歌罢春莺叶底出，牡丹笑靥落霞初。
巫山云雨襄王梦，洛浦仙姬浴日图。
临水有情国色恨，倚栏带泪世俗孤。
敢教物欲清陵陆，莫让花枝簇野庐。

属　意

属意江湖恨未能，望夫山上望夫情。
何时一饮文君酒，尽吐今昔怨妇声。

雨中吟

山雨连河促鸟飞，岸田偷眼麦苗肥。
湿烟草野连峡暗，广厦春花抱锦垂。
世事如棋谁可料，衰颜遗客总能归。
排空雪浪腾击去，肝胆豁达滚响雷。

抛卷游园

怒沉百宝十娘❶陨，抛卷游园赏暮春。
蜂抱花须红粉腻，鱼吹柳絮碧池馨。
叶间楼影浮波乱，峦顶云帆载日深。
美景佳辰舒泪眼，应诛今古负心人。

注：❶ 十娘：指杜十娘。

雨霁登山述怀

千岩秀色促翁攀,雨霁云开半罨山。
满地文星非顾我,一身傲骨跻乾天。
鱼虾拨藻收潭日,鸟雀惊虹度野烟。
草木亦知荣辱意,故从盛夏育芊芊。

登 览

登览雾敷纱,乡心损鬓华。
碧藏林杪寺,红露塔阶花。
岑竖青霄戟,锦铺丹壑霞。
惬怀巴蜀晓,忽寤在天涯。

秋日览景(其二)

瞥目秋山泼黛高,挺屐白鸟度青霄。
林鸦数点扑杨甸,笛曲一声过柳桥。
稔透辽田风雨顺,笔描村野院楼豪。
仙姑若看今时景,耻在瑶池吹玉箫。

清明祭父母

青山朗日抚碑林,咫尺阴阳祭祀心。
培上老坟流泪觑,古今都道佑儿孙。

郊野书怀

星汉垂城郊野暮,车灯炫路彩波流。
千山兵损隋唐戟,万壑尘消秦汉楼。
纵目鸟飞余照树,飘襟歌起古辽州。
白头怅望红尘客,罗隐❶诗吟莲诸秋。

注: ❶罗隐:唐末五代时期诗人、文学家、思想家,字昭谏,杭州新城(今浙江省杭州市富阳区新登镇)人。

无题(其十二)

辗然一笑灿如春,花是容颜月是魂。
望帝化鹃啼血夜,天台有梦蔚霞晨。
馀哠青禽枨触泪,孤衾拥塌病恹身。
李郎锦瑟今还在,谁表相思万古心。

茂陵怀古

武帝风流锁茂陵,李薛何故赋诗情。
一山墓寝失鸡翘❶,万古愁云笼掖庭。
石马蒙尘荒草碧,鸿猷兴汉战戈鸣。
阿娇不贮苏卿老,空让后人带恨评。

注: ❶鸡翘:鸾旗,帝王仪仗之一。

行 程

人归孤嶂鸟声中，俯水夕楼衬日红。

似剪风裁杨柳嫩，慕僧杯渡❶野鸥空。

路直花魅挤眉眼，径曲松师挺膂胸。

程颢❷偶成麟角句，行程吟瘦老诗翁。

注：❶杯渡：晋宋时僧人，传说其常乘木杯渡水，故以杯渡为名。❷程颢：字伯淳，学者称明道先生。世居中山（今保定定州），后从开封徙河南（今河南洛阳）。北宋哲学家、教育家、诗人，理学的奠基者，"洛学"代表人物。

美 睡

叶底藏花锦不如，兰香❶美睡抱曦初。

珍丛有梦秾华早，仙苑谪凡觉醒无。

注：❶兰香：杜兰香，仙女名。

航 舟

蜀腹航舟野谷前，洪炉火旺祝融天。

山明树转悠哉绿，楫荡云开划地兰。

鸟韵连畴疑故野，杜诗贯日咏晴川。

葛强❶仙侣归何处，望眼江湖峻岭拦。

注：❶葛强：见孟浩然诗《九日怀襄阳》："去国似如昨，倏然经杪秋。岘山不可见，风景令人愁。谁采篱下菊，应闲池上楼。宜城多美酒，归与葛强游。"

登山阁感怀

崇阁飞鸟上，云嶝挂泉流。
人语花溪岸，鱼嚼藻水秋。
凭栏山谷老，临壑祝融愁。
运蹇思无益，赤松招手留。

屈　原

沅湘渔父钓，屈子泪流襟。
宁殉千疮楚，羞当拒粟人。

行路（其二）

路侧蝶兰紫欲飞，蜻蜓背日立蔷薇。
柳丝怜爱衰翁老，拖住尘嚣拂面垂。

野景有怀

山势向天如虎蹲，隔溪犬吠绿禾村。
夕阳让雨云光啃，烟淀捎风荇带分。
李靖佑唐青史慕，蔡京祸宋臭名闻。
鄙夫老作草根客，诗赋自为林野亲。

花 落

暮春花落鸟频啼,万代征尘送马蹄。
返照霞逐山水绿,秦关还俯汉时溪。

逛景遗怀

一排杨柳自成荫,鸟雀啼得日月新。
仰脸尽添沟壑景,举头雪映碧楼春。

逛景书怀

树摇蝶过窗,蛛网画檐藏。
亭坐茶山士❶,诗吟后村❷香。
玄蝉风圃暑,红藕柳林塘。
挺履搔白首,龙钟拄杖狂。

注:❶茶山士:曾几,字吉甫,号茶山居士,生于宋元丰七年。曾几学问渊博,为文纯正雅健,尤工诗,推崇杜甫、黄庭坚。❷后村:刘克庄,初名灼,字潜夫,号后村居士,南宋爱国诗词家,江湖诗派领军人物。

无题(其十三)

失夫老妇色凄凉,学女失联空断肠。
造物弄人人作孽,生涯多事事乖张。
丝竹声里秦楼月,金谷园中白玉堂。
黔黎豪富皆如梦,莫道石髓出鼎香。

夏日楼街闲题

树趟行翁鹤寿图，树根几个扯闲书。
靓姑遛狗飘香发，谁把诗情赐老夫。

古 意

蒿目历朝冠冕新，缁衣总浣帝都尘。
龙堆归毂胡笳曲，青冢蒙尘月夜魂。
御苑穷秋烽火恨，墨汁染素皂痕深。
因何粉黛伤情重，千古愁思望凤林。

早 市

楼拥菜市树茏葱，挤在千人肩膀中。
瓜果飘香长夏曙，彩霞画里走蛟龙。

趣 题

杨柳舒眉桃叶羞，坛花粉簇裕华楼。
苏杭无赖湖山景，也跑边城作画秋。

踏野（其三）

晴旻朗日蛋青云，喜拐田园一角林。
瓜果香融金黍野，山岚啼透碧溪禽。

全"小马乍行嫌路窄，大鹏展翅恨天低"成诗

小马乍行嫌路窄，大鹏展翅恨天低。
少年胆气昆仑压，处世激情风雨期。
江海弄潮锤铁骨，峰峦攀顶揽晨曦。
身踏更筑复兴梦，敬业精神争旦夕。

闲行（其三）

深山鸣磬望禅林，一路蝉声过柳村。
白鸟窥溪收雪翅，锦鳞潜浪荡夕曛。

闺怨（其一）

搴帏桂魄抚秋衾，牛女七夕影伴身。
千里归思鸳梦了，泪流还念远行人。

望乡台

恨斩千株遮目树，愁登蒿莽望乡台。
金蛇回宇青山闪，雷雨临丘绿野来。
拢雾竹林栖鸟进，倚塘荷叶护花开。
楼檐莫坠伤心泪，何日得书释旅怀？

竹枝词（其二）

眨眼星娃乖月丫，笑翁跮步像瘸鸭。
雾霾熏你大趴虎，摔地颠疼甭喊妈。

秋雨题诗

暑盼终秋雨，芸亭耘翰田。
飘丝贴树润，摘藻贯珠圆。
云笼城郭野，笔投乡淀山。
任凭鼻脸撒，岂仅乐耆年。

读黄巢诗有句

青帝高歌事鼓鼙，灭唐未果恨失机。
冲天香阵长安满，菊蕊曾经簇大齐。

览景有句

万层春色仁郊原，云低旷野朽翁闲。
太仓稊米谁堪比，晨雾青缠天外山。

山　花

不为秾艳晓山开，月尽迎阳妆束来。
绿野情怀连海岱，劝君切莫醉楼台。

暑日登山

蝉叫连声溽暑晴，登山浏览趣无穷。
万楼拱翠车排蚁，一水漂青谷外峰。
盛世韦弦多创客，神州诜桂❶悦华亭。
露文沾草香岚细，风影摇花松籁清。

注：❶诜桂：喻练达能干的官吏。

大　雨

大雨瓢泼伞下人，瞬息无影树梢禽。
水帘风摆千楼挂，林野霭浓半岭吞。
酷暑焚头刚烈日，尾闾❶瞩目总倾心。
红湿万里关山道，多少生灵醉梦魂。

注：❶尾闾：古代传说中海水所归之处，语见《庄子·秋水》，现多用来指江河的下游。

对景赋情

雀吵翁烦对眼瞧，碧托花树紫云高。
城依故野雄华宇，山染夕曛镶翠袍。
挚友调零楼苑念，祖国强盛病躯豪。
玉蝶围俺作庄叟，莫让流年随意抛。

钱塘江大潮诗

瞬息骇浪似天崩，潮势倾城万古雄。
伍庙冤魂伤楚魄，层层怒吼水声中。

观　览

（一）

雁背夕阳红闪处，溪涵霞影野林秋。
一声柔橹出烟柳，几树玄蝉唤草丘。
抱磴郊山别墅阔，侵田城宇轿车稠。
鲁蛇华饰浮图古，身在蓁丛览未休。

（二）

晴烟笼野起夕流，山势承天万象幽。
翠涌塔林逼落照，光摇塘水抱红楼。
桑弧蓬矢元龙❶傲，仓鼠家蝇盛世愁。
瞩目虞渊❷霜鬓老，松梢吐月朗声讴。

注：❶元龙：陈登，字元龙，下邳淮浦（今江苏涟水西）人。东汉末年将领、官员，智谋过人，学识渊博。❷虞渊：古代中国神话传说中日没处。

闺　怨（其二）

柳恋黄莺花恋蝶，春辰怨妇似蔫茄。
丝连藕断莲心苦，蚌裂珠剜血泪叠。
同病相怜悲月夜，鸳衾慵坐蹙眉睫。
恨能化作莺蝶去，烦恼都抛花柳街。

登 顶

（一）

晴岑挂日绿葱茏，登顶寻仙玉露凝。

紫气疑藏龙凤阙，云霞定驻女娲宫。

山携林野天庭赴，叶舞兰蹊寺庙逢。

老朽婆娑歌舞罢，泪流满面下苍穹。

（二）

鸟使邀翁入邓林，尘颜霜鬓岭云吞。

悬虹飞瀑丹崖落，遮雾楼台翠壑深。

阮肇❶缘薄仙女杳，张良功就赤松寻。

千秋谁是贤达者，莫问渔樵赶路人。

注：❶阮肇：刘义庆《幽明录》中记载的人物。汉明帝永平五年，会稽郡剡县刘晨、阮肇共入天台山采药，遇两丽质仙女，被邀至家中，并招为婿。阮肇又被称为阮郎。后亦借指与丽人结缘之男子。

无题（其十四）

供人惆怅是霜秋，草木萧萧林野收。

披雪红花心未死，滞波鸿雁泪先流。

月明谁送鄜州目❶，日晚愁堆蚱蜢舟❷。

拼把襟怀抛五岳，难将沧海没瀛州。

注：❶月明谁送鄜州目：语自杜甫《月夜》："今夜鄜州月，闺中只独看。遥怜小儿女，未解忆长安。香雾云鬟湿，清辉玉臂寒。何时倚虚幌，双照泪痕干。"
❷日晚愁堆蚱蜢舟：语自李清照《武陵春》："只恐双溪舴艋舟，载不动许多愁。"

无题（其十五）

夕阳衰草遍，杨柳挂霜稠。
风灌楼园冷，叶飘溪水流。
翁前花萎地，篱后鸟啼楸。
节序催人老，挺脖扶杖愁。

览景书怀（其二）

林木雕残叶未干，拨枝揽胜到云端。
矫阳朗照三秋色，野峪高擎万嶂山。
棘草满坡秦隘险，崖梯缠雾汉关艰。
世争名利无眠客，看俺巍峨舞碧天。

垂老歌（其二）

无端垂老泪，跌落桂花衣。
笛入青篁雨，蝶迷芳草夕。
美眉相觑冷，雪发更衰稀。
谁逮扶桑日，挥鞭作马骑。

春日公园

碧湖红旭叠梅影，鸟啭桃陂喜夜霖。
敷粉珍丛留月姊，含香玉露为东君。

秋野拾趣（其一）

野树苍峦乳雾悬，多情未必住华轩。
觅食碌碌独枝鸟，残叶戚戚并蒂莲。
日炫红枫霜染后，鱼嚼菊影水摇间。
老翁兴满爬山岳，何故秋虫翠草喧？

秋野拾趣（其二）

林麓辽原阔，巉岩射日高。
山呈蹲虎势，涧泻卧龙涛。
翁把花溪柳，鸟吹松壑箫。
驻足留野径，秋景梦魂销。

相思曲（其三）

隔枝瓦雀喧，薄暮落霞山。
园雪扶冰草，霜菊瑟柳轩。
思君辽野远，归梦锦衣宽。
注目夕阳晚，雁飞秋水前。

怀古绝句

萧何月下追韩信，扭转乾坤作涅槃。
沾事则迷谁醒悟，天教我辈怨前贤。

相思（其三）

相思逾切逾茫然，鸿雁已归人未还。
倩影凌波携月路，花容艳日荡湖船。
绮阁雨打鸳鸯侣，兰室卿拨琴瑟弦。
忆念至今成梦寐，望穿秋水桂堂前。

宠物狗

空屋塌耳骨如刀，断壁残楼耸碧霄。
主已动迁还驻守，满街霜雪起风涛。

冬日晨景

晨景催翁郊野伫，风枝鸣柳漾湖纹。
山霞裹日红绸软，陂雪护林白絮深。

雪日野景

雪舞风吹杨柳笛，山堆蜡象俯寒溪。
石桥犬吠桑林午，槿径人家半掩篱。

晨练遇雨

晨练风刮夏雨狂，柳林翠洗躲园廊。
病眸惊看葜塘涨，水幔连珠薜荔窗。

麻　雀

风叶楼阶挟雪飞，争食麻雀望门楣。
踏冰肉爪霜天冷，拨草空携眷属归。

送客（其二）

笙歌古渡头，山影月光楼。
送客行船远，心逐碧水流。

缺　题

发白冰雪景，病榻世俗春。
运蹇谁仙寿，乾轮转厚坤。

绣　户

月探梨花窥绣户，萌翻鹦鹉唠金笼。
倩桃妆罢樱唇启：好个恼人跟屁虫。

过柳楼

残暮灯霓残雪照，云磨城宇夜光流。
柳梢斜挂蛾眉月，笛里哼歌过柳楼。

读离骚

城郊风雪扬，对雪咏骚章。
雪韵兼天远，风声带野狂。

登澄海楼诗

城拔林岭跃苍龙，阅尽沧桑万古空。
豪览长天开海岳，风烟多少碧涛中。

故　乡

故乡深所爱，噙泪乐辽天。
雀蹴浮枝雪，云缠碧水山。
远村烟壑里，郊日玉林前。
半辈行京蜀，如今近耄年。

冬日诗

霞彩宜人园雪望，绯云披锦挽夕曛。
崇楼御苑冬眠静，一片寒潮岁暮心。

登山顶遇雨

碧浪拍崖经雨涨，云腾脚底涌千峦。
秋情飘洒知多少，花满林岩雾满川。

清晨望远

断崖鹄立被云埋,松鼠窥人莫乱猜。
天际航船随岸渺,岭端旭日逆波来。
凤凰入梦梧桐夜,玛瑙贴身月桂斋。
情愿常教情事悔,萋萋芳草百般乖。

怀古诗(其三)

坐卧催时箭,谁能史册留?
兵烽悲李杜,翰墨念韩刘❶。
花露薰香重,烟云峰壑收。
叹息唐汉帝,沙骨共为丘。

注:❶韩刘:指韩愈与刘禹锡。

报 国

历代报国倾热血,班超事汉哪惜身。
官兵风雪卫疆意,农父庄田望岁心。
碧海雄鲸凭水跃,青山猛虎寄林深。
男儿壮志岂千里,思乃凌云赴九垠。

无题(其十六)

雪藏冰路喘息人,恰似涉俗商宦身。
大海使船冲浪险,怎知斗场诡波深。

难觅知音

难觅知音鸳侣求,潘郎何处放情舟。
金菊绽蕊洛神浦❶,丹凤听箫弄玉楼❷。
影动闺帏庭树晚,香飘粉颈锦园秋。
古今比看相思切,酒入愁肠眼泪流。

注:❶ 金菊绽蕊洛神浦:语自唐李峤诗《菊》:"玉律三秋暮,金精九日开。荣舒洛媛浦,香泛野人怀。靡靡寒潭侧,丰茸晓岸隈。黄花今日晚,无复白衣来。"
❷ 丹凤听箫弄玉楼:语自西汉刘向《列仙传·卷上·萧史》:"萧史善吹箫,作凤鸣。秦穆公以女弄玉妻之,作凤楼,教弄玉吹箫,感凤来集,弄玉乘凤、萧史乘龙,夫妇同仙去。"

日 暮

日暮霞消飞鸟宿,山托冰雪入楼城。
车流炫彩星河缈,帝厦摩云月殿通。
饰玉灯霓美女照,销魂夜曲馆厅听。
冷观名骄豪装客,可是奢华过此生?

愁

恨劈巴山千百重,莫遮望眼故乡通。
人如漂梗本无蒂,愁绾浮云缥缈空。
花落胸襟游子泪,月依绣户凤帏情。
忽思牛女银河岸,脚踏鹊桥含恨拥。

思昔日

攀岱未如世事艰,恨天无柄地无环。
客轮破浪汉阳渡,夜雨驰车山海关。
溽暑达州眠簟热,酷冬燕蓟锦衣寒。
皱纹满面思昔日,壮志消磨到暮年。

晨出观雪景

窗外风鸣知夜寒,晨出大雪满关山。
衬楼杨柳摇银佩,护路松榆戴玉环。
欲坠崖石冰裹重,待增郊野日初暄。
乱云如兽朝翁噬,转瞬红霞村落悬。

雾霾(其二)

(一)

碍日雾霾楼厦眺,风杨自语带冰摇。
寒潮叠浪山叠雪,林麓溪中渡玉桥。

(二)

灰蒙隐现楼亭树,晚雀啼枝尾气吞。
崇厦明灯霾海照,惊呆天阙帝姬魂。

远　眺

天舞金蛇响闷雷，映窗蕉叶笼烟垂。
愁肠破晓天涯远，挟雨林峦泼墨围。

闲步（其二）

落霞村野暮，闲步故园蹊。
梅蕊矜春雪，柳枝筛月溪。
疏林烟笼壑，翘尾鸟蹲石。
妙趣谁能晓，此情陶令知。

结　果

蚌娘珠孕愁，莲子芳心苦。
本居深水中，结果何凄楚！

攀　登

攀登险路难，大雪满关山。
未陟凌云顶，先尝高处寒。

迎春词

梅腮柳眼草腰伸，天尽祁寒满地春。
披雪踏冰抛脑后，又成阆苑赏花人。

春 曲

（一）

花海香波楼榭满，云峰湖影野林深。
诗知景美催翁老，还入芳菲画锦茵。

（二）

丽日红樱绢蕊闻，风吹俏脸靠翁唇。
春蝶眼热花间舞，竟促诗魂入梦魂。

梦圆华夏

北斗巡天楼厦高，巨轮碧海驾狂涛。
梦圆华夏鸿图壮，福造烝黎肺腑豪。
伟业龙腾雄万古，强国虎跃闹今朝。
高歌跟党扬旌进，十亿精兵战鼓敲。

落日桥头

落日桥头涵水光，俚歌何处稻花香。
城郊鸟唱红楼树，夏野霞溶青草冈。
财色迷魂悲万古，诗词描景捡一囊。
莲峰浏览知翁意，娇卧苍穹换晚妆。

秦岭感怀

（一）

华夏脊梁伟业驮，岭接霄汉带江河。
追踪圆梦峰巅眺，云海腾波万古多。

（二）

蕴藏奇景迷骚客，野岭鸣禽花木秋。
古庙凭栏崖壁峭，下临深谷滚波流。

秦岭抒情

鸟兽投林野峪长，云拥雪岭望茫茫。
擎天砥柱急流耸，拔地脊梁世纪扛。
万代英杰龙脉颂，百年浴血战旌扬。
寻根追梦豪情盛，宫庙舒怀岭卉香。

修水黄龙山书怀

寻踪览胜伫云峰，林岭磅礴赴九重。
鸟瞰长河围玉带，湖摇碧宇撼黄龙。
摩崖石刻黄书壮，亭榭花馨观寺雄。
飞瀑激情歌盛世，笑游仙境做仙翁。

庐山感怀

日映匡庐银瀑挂,俯江飞峙万楼城。
无边云海天穹望,不尽松涛野径听。
登顶舒怀诗赋壮,讴歌盛世古今雄。
禅林仙洞通别墅,笑傲乾坤游历中。

题五女峰溪水图

五女拂琴月夜弹,泠泠仙乐野林欢。
千年化做云峰翠,溪荡琴声水是弦。

春城感怀

楼林崇厦路车频,万树高城万变新。
俯仰乾坤谁主宰,赏花歌赋醉和春。

雨晴小景诗

雨霁云层伸日脚,豁然野岭露新妆。
柳莺何处牵魂唱,逗引林花沁肺香。

野景小诗

日映野花晨露莹,林峰霞影绿溪浓。
病翁哪惯尘嚣闹,醉吮芬芳坐野亭。

品　茗

玉碗名茶香味满，窥桌瓦雀蹴花馋。
夕曛翠片掺霞吮，敢道蓬莱不慕仙。

侵　权

拍照狂魔被吐槽，怨妈微信炫阿桃。
被窝稚脸妈怀靠，明再侵权妈痒挠。

夏季书怀

（一）
钢城暑火流，杨柳碧云楼。
晨练莲峰日，暮撑辽沈洲。
霓衢车海海，烟树鸟啾啾。
饱览千年后，谁能画卷留？

（二）
酷日思冰岛，高温慕澳洲。
禽歌摇画扇，蝶舞憩风楸。
云厦林山远，园花水榭稠。
元白知我否？处处裕华楼。

雨　里

千座莲峰雨幕围，嬴翁何处躲云雷。
山光野色林中寺，烟柳青禽带水飞。

应《浪淘沙·北戴河》题

（一）

诗咏碣石思魏武，好词旷世绚华章。
勇搏渤海风尖浪，敢采银河星满筐。
景伴豪情螺塔碧❶，词增壮志富国昂。
莲蓬❷揽胜河滩❸卧，避暑仙乡浴晓阳。

注：❶螺塔碧：指碧螺塔酒吧公园。❷莲蓬：指莲蓬山公园。❸河滩：指北戴河海滩。

（二）

长城角岳❶俯榆关，北戴河游美梦圆。
帝宦碣石曾驻马，楼园傍水醉凭栏。
悬崖胜景雄鹰立❷，旭日浴波渤海粘❸。
谁在秦皇岩岛顶，《浪淘沙》咏震瀛寰？

注：❶角岳：指角山。角山位于距山海关城北约3公里处，是关城北山峦屏障的最高峰，海拔519米。其峰为平项，可坐数百人，有巨石嵯峨，好似龙首戴角而名。❷悬崖胜景雄鹰立：指北戴河区鸽子窝公园，位于北戴河区海滨东北角。由于地层断裂所形成的20余米的临海悬崖上，有一块嶙峋巨石，恰似雄鹰屹立在海边，是一大景观。❸旭日浴波渤海粘：指在鸽子窝观日出时还常常可见到"浴日"的奇景。当红彤彤的太阳升出海面时，就有另一轮红彤彤的太阳紧粘在升起的太阳下面，仿佛要被它带出海面。但就在你注视的一瞬间，只见上面的太阳倏地向上一跃，粘在下面的太阳不知何时已潜入海底，留在海面上的只是一片金光和人们的欢呼声。

春 游

浴波鹭散晴川树,遍野飞花映水楼。
锦岸春桥谁罔顾,柳摇秀旭满芳州。

蜀地游

（一）

脚踩露珠花抿唇,手拨碧藻恼潭鳞。
置身松海云山里,鼻嗅芳馨鸟韵闻。

（二）

岭耸高天挂曙流,苍茫野客倚清秋。
故乡远在青山外,更有青山云尽头。

恋 爱

恋爱甜如蜜,花心蜜不甜。
鸳鸯相守老,到老有人怜。

劝 世

帝王头脑拿云手,美女金钱谁守关?
欲壑难填人世短,君躯烂在酒筵间。

引　爆

引爆童鞋❶炸粉丝❷，追星捧腕乐滋滋。
拜金摆阔新生代，莫再滑坡万载思！

注：❶童鞋：网络用语，意为"同学"。❷粉丝：网络用语，指追随者。

租　房

画郎狗脸笑抽筋，骗俺找三哭岔音。
楼市抓狂房贷借，租房命苦累发昏！

武松（古绝）

酒醉痛揍蒋门神，恶霸孳虐甚蜇蚊。
鸳鸯楼血溅琼宴，刀劈奸憝谳如闻！

鲁智深（古绝）

菜园倒拔垂杨柳，惊煞泼赖跪鲁僧。
野猪林里挥禅杖，不斩猪猡枉此生！

世　事

拜金女爱金龟婿，世事奢华叹舍男。
啃老追星攀比盛，气杀菜鸟键盘前！

无题（其十七）

腾空锦鲤龙门望，日正驭龙驰帝乡。
登台感赋幽州泪，帆转湘流衡九面❶。
机临百慕海千狂❷，读易空知宇宙肠。
挚友为云岚岳去，昨登梦里玉京堂。

注：❶帆转湘流衡九面：衡山蜿蜒分布于湘江西岸。"祝融峰之高，水帘洞之奇，方广寺之深，藏经殿之秀"，被称为"衡山四绝"。古人乘船观赏衡山有"帆随湘转，望衡九面"之说。❷登台感赋幽州泪：古有陈子昂《登幽州台歌》。

闺思（其二）

蛾眉懒画卧妆楼，海誓倾心泪水流。
月照空庭花色晚，水晶帘外露华秋。

野游趣题

林景撩人碧水流，杜鹃声里婉花秋。
日婆笑脸金针绣，绿野仙翁画里游。

三沙咏

三沙新城阔，盘根秦汉开。
霓波楼馆丽，林旭岸沙白。
鲣鸟鸣椰树，海霞扑脸腮。
丝绸南海路，妙境胜蓬莱。

三沙赞歌

祖国南海金汤固,绿满三沙翡翠妆。
碑耸礁盘擎碧宇,楼迎风雨沐朝阳。
客游画景昂胸首,鸟唱椰林乐海疆。
严阵任凭汹浪涌,登高浩览赛仙乡。

合欢花

羽叶绒花妃帝魄,夜合昼放爱千秋。
时时并首合欢树,岁岁青禽啼上头。

野峪行

放浪形骸野峪中,秋蝶陪舞哪能停。
泉宜霞蔚流琴韵,鹭作雪飞扑锦屏。
宝镜照山潭影碧,云鬟挽月桂宫清。
尘嚣已远芳菲沁,谁晓诗翁迟暮情?

万物有情

万物有情追万古,感翁肺腑令翁痴。
母猫奶崽伸舌舔,草木发花雨露滋。
爱侣坠泥悲鸟唤,曹娥救父赴河迟。
谁能细阐穷通理,仰望苍天泪赋诗。

答谢诗赛邀请

杨柳鸣蝉菜豆秋，红曦抱水枕石流。
缘薄无奈飞卿叹，绿野仙踪俗世酬。

贪　景

楼厦四围山四围，蝶逐柳絮沐霞飞。
落花遮面桑榆老，贪景身披落照归。

感　冒

明月窥窗风透纱，老翁感冒似呆瓜。
人生苦乐何曾已，慕煞芳园自在花。

哀邻家丧事

凭窗白首望，哀乐奏邻家。
曲绕梨亭月，香飘霓厦霞。
灵棚昔貌想，瞀眼挽联花。
万世成灰烬，人生岂有涯。

参天古木

参天古木傍楼台，枝叶亭亭何壮哉。
日夜凌云求剪刈，筑巢野鸟却飞来。

登 顶

何处玉壶公[1]？群山腾翠龙。
岩松猿臂挂，云壑鸟声瞑。
心有千年愿，花无百日红。
目极尘世外，缥缈觅仙踪。

注：[1]玉壶公：东汉费长房欲求仙，见市中有老翁悬一壶卖药，市毕即跳入壶中。费便拜叩，随老翁入壶。但见玉堂富丽，酒食俱备。后知老翁乃神仙。事见《后汉书·方术传下·费长房》。

笼 烟

笼烟崇厦多垂柳，盼雨蜻蜓带日飞。
老脸沟丘花巷里，满身尾气吮芳菲。

带病诗翁

柳厦连云接翠微，车如流水满城隈。
蛮吟花草沉香露，蝶舞园亭撒野晖。
带病诗翁林木爱，积愁肠胃楚辞捶。
人疯人傻千秋伙，偏向郊村赏锦葵。

牡 丹

翁呆蝶拗恋花魁，妩媚珍丛炫紫晖。
粉黛忍瞧迟暮景，携香长送晚霞归。

趣味人生

登鼻上脸病魔狂,趣味人生自古香。
谙尽沧桑天地色,饱尝风雨鹳毛郎。
春枝瓦雀喧檐瓦,秋壑碧荷摇碧塘。
恨斩病魔林野住,天当被盖地当床!

暑夜诗

群仙何事立瑶宫？暑夜楼城幻梦中。
柳笼烟云车影动,月溶灯海彩霞红。
溢香酒店豪装客,舞馆笙歌玉臂风。
仙界该搬尘世住,繁华场面古难逢。

雨霁晨游

秋塘旭日晃金鳞,雨霁花鲜沃野新。
谁晓诗翁山麓进,哪知峻岭翠华深!
红霞绘彩千崖谷,白雾铺纱万壑林。
尘世熙熙心绪乱,平生偏与绿溪亲。

所 见

五色游鱼聚馆池,假山镂玉翠亭依。
松岩模拟原生态,疑是匡庐云雾石。

七 夕

（一）

斗转星空月转轮，鹊桥牛女泣如闻。
仙凡情泪流终古，黯尽仳离滴血心。

（二）

并肩楼宇望天河，五色红光托月娥。
衣曝针楼鸣玉殿，抚昔何意对仙歌。

（三）

垂泪热拥撕肺夜，娇儿唤母悒戚怀。
抛簪王母思昔否，曾唱黄竹仙苑哀。

麻 将

嗜赌搬砖乐，纷飞劳燕时。
视窗花有态，愁雾草无姿。
自恨黔驴蠢，谁缉赌场私。
历冬春暖盼，破镜梦圆期。

羁 旅

行尽青山第几程，烟浮绿野路荫浓。
密林狗吠萍溪坞，曲径鸟飞松柏峰。
羁旅堆愁花似玉，相思有梦月临亭。
乡心万里隔云雾，眺望归鸿总是空。

暮秋情

落叶辞枝慕鸟飞，风花细语泪珠垂。
蓐收❶欲遁秾华挽，原野披离傍水湄。

注：❶蓐收：古代中国神话传说中的秋神。

新　春

风摆杨花模特摇，青禽伴奏闹城郊。
舞台景致春山野，日扯霞帷挂碧霄。

闲　题

世事无忧心自闲，过冬野兔抱茅眠。
锁愁沟壑叠云嶂，带恨江河泻碧天。
百岁生涯人两面，三秋草木萎一湾。
子胥❶白发昭关满，何故渊明种豆田。

注：❶子胥：伍子胥，名员（一作芸），字子胥，楚国人（今湖北省监利县黄歇口镇，春秋末期吴国大夫、军事家。因封于申，也称申胥。

拍　照

身融倩影女郎花，丐裤蝙服笑眼丫。
拍照镜头他手动，缘蝶错认粉香颊。

酷　暑

酷暑蒸屋达玉阙，花扶树影入窗虚。
月娥顾箪撑遥夜，环宇倾心病叟居。

暑　夜

酷暑拥衾玉箪眠，星河入眼夜窗瞻。
月娥倩影临妆镜，却忆金乌后羿天。

登山顶

傍水林峦上碧天，远城耸厦俯秋川。
带愁望眼松巅送，万里云烟锁故关。

病　出

拨草瞥翁灰雀蹓，伤风老脸对芳丘。
野林碧透城郭日，锦水鸳鸯红蓼秋。

伫　野

楼巷垂杨傍岭根，鸟升碧宇假青云。
天涯有梦时回首，伫野长怀捧日心。

悼念评书艺术家单田芳

（一）

巨匠息声终弃世，电播书艺遍间阎。

聆君吐玉思君面，杨❶柳❷拥登云阙坛。

（二）

曲艺世家风雨缠，饱尝甘苦打拼年。

大鹏终展垂天翼，先祖遗珍沥血传。

注：❶杨：杨天荣，当代评书表演艺术家。❷柳：柳敬亭，原姓曹，名永昌，字葵宇，号逢春，祖籍南通州余西场人（现余西古镇），明末清初著名评话艺术家。

踏野有句

云裹盘空翠，傍城初日峰。

花蹊时仰望，野旷韫黄庭。

秋日对景

园踏晴旻杨柳坪，隔湖影荡粉菊风。

日增白发环林坐，何啻风流到野亭。

有 句

触怀野色韵华涵，碧水飞花落照山。

诗蕴胸腔霄汉付，更添鸥鹭浴晴川。

武 曌

剑戟森森罗帝阙，慧黠铁腕掌朝纲。
墓碑无字昭今古，浩叹兴周泣血唐。

读《三国演义》

暑消雨散近凉天，书卷捧读迟暮年。
斟破红尘一枕梦，华容笑看走阿瞒。

盛夏趣题

车靠柳坪麻雀喧，雪蛾携侣度楼园。
月夕花影小鲜肉，笑看手机凭画栏。

故乡醉歌

驻足花木半遮楼，盘岭华衢云际收。
堪醉弦歌明月夜，霓城画里是辽州。

步 出

步出柳巷连城望，甲第烟云林岳平。
鸟引豪情升碧落，华衢身浴楝花风。

村院小诗

喇叭花绕院篱笆，脖探窗棂小玉家。
错唤牛娃伴看日，绿畴深处雾敷纱。

故　园

谷漫金田坞，菊摇错彩楼。
爽眸因坐久，雁唳故园秋。

百　年

照水衰颜融柳壑，逛林朽骨傍松岩。
百年身世谁惆怅，鸟矞云峦晴日天。

忽　思

病持吟鞭赶雨头，风吹落叶荡悠悠。
昔何贾岛推敲老，诗海翁今苦作舟。

意何如

举足甬路意何如，蚯蚓疏泥作篆书。
物种苦心呈妙理，蛛织八卦透光图。

肠　断

柳丝舞作女儿腰，水映青山荡蜀郊。
肠断玉笛夕照晚，春花掺泪落飞飙。

车　驶

车驶城区处处楼，林园彩榭隐芳丘。
桥横莲水云天碧，路贯商街柳厦稠。
香透豪宅亭馆外，曲闻剧院乐池头。
红男绿女花坛遇，盛世繁华哪有愁。

老　迈

老迈花间逛，青春复几何？
职微裨世少，羁旅断肠多。
蜀岭夕阳暮，黄河赴海波。
叹息谁鹤寿，对酒泪流歌。

秋　尽

落叶朝阳风帚扫，诗翁还在赏秋华。
松枝苍翠烟峦冷，野草披霜朱玉花。

缅　怀

衰病缅怀无寐多，星河夜幕透窗挪。
登楼王粲何惆怅，莫恨屈平沉汨罗。

画　景

柳岸菊丛迷倩影，红枫似火炫秋塘。
懂情林岭邀翁赏，画景偏多野味香。

暮秋书怀

叶黄经雨润，秋老冷丛菊。
云履林山踏，仙心市井居。
添衣时序改，涉事岁华虚。
观蚁叨食草，探波深潜鱼。

登高远望

鸟啼黄叶落，游子伫高楼。
望眼群山外，乡心逐水流。
浮生云海日，世事野林秋。
李杜昔游地，伴君巴蜀愁。

早 行

微雨云光晓，街馨瓦雀喧。
车驰霓彩路，树满黛莲山。
楼厦天穹耸，林园花卉妍。
衰翁鸭步老，秋景嗅鼻贪。

野景小诗

愁损心肝闷损神，老翁爱美入秋林。
山乘木落修云鬓，枫挽岚纱配茜裙。

长 江

穹宇浮波赴海流，云拥望眼翠华洲。
母汁不尽长江水，万古情怀伫岸楼。

金秋写景

谷海秋涛涨破天，诗翁头顶驶云帆。
秋山挂日围杨柳，郊野村童放纸鸢。

竹枝词

秋风秋雨叶儿黄，万物换装万物忙。
肥雀蹴枝连果坠，拨花蚁队度夕阳。

春

手扶嫩草透曦闻，桃李凝妆浥露新。
满腹诗情抛沃野，赏春老叟蔚霞晨。

春日公园

美似西施花裹露，袅如飞燕柳含烟。
抚琴谁在春园唱，满嘴芬芳草野仙。

临 冬

临冬野卉紫红凝，冷淀风袭袖手翁。
杞柳夕阳斜映水，芦花飘雪晚霞中。

老年心

瘦像螳螂背像弓，沧桑岁月变成翁。
人前褶脸堆纹笑，柳趟豁牙赏景松。
绿野河波鸳侣浴，碧霄云雾雁群雄。
携妻共度桑榆晚，学雁遨游诗海中。

秋夜城景

风拂杨柳宿楼娴，商厦霞波落叶间。
山抱灯城垂夜幕，星河疑落月中天。

乐逍遥曲

调皮松鼠松颠闹,黄翠叠枝林峪豪。
悦耳泉琴苔隙奏,舒心蛙鼓苋塘敲。
菊伸粉颈嫌蒿挡,蝶晒霞衣喜日瞧。
世事沉浮如逝水,翁趁晚景乐逍遥。

书 怀

清樽消永夜,诗酒度年华。
雕玉含窗月,撷兰柳圃花。
澄江思谢朓,鹤寿慕仙家。
千古谁如我,平明种邵瓜。

相思歌

林峁晨曦挂,登临一望乡。
愁堆尘客面,泪断爱妻肠。
梦寐隔山想,情思阻水长。
月台车驶后,别影伴刘郎。

重阳题句

五彩晴雯落照间,泛溪明月玉连环。
一声啼鸟林亭晚,木叶涵烟落万山。

望海楼远眺

入海长河望海楼,烟霞覆水几多秋。
身着热土天穹外,极目苍波万里流。

无　题

谁让愁眉展邓林,映窗一岭贝壳云。
书生意气沉梁苑,市井襟怀付蜀琴。
慕仙鹤渺层楼月,踏野蛩陪落魄人。
情如江水东流去,梅蕊偏知冰雪春。

游山寺

古绘巧妆山寺宏,客贴陡壁俯江亭。
水激老目情何限,别样禅林画不成。

无　题

地老天荒绮梦多,柳楼丽影带香挪。
月娥但顾鸳鸯枕,燕侣何飞翡翠萝。
赋就高唐怅触恨,珠沉沧海泪留波。
义山泣血相思债,偏让后人心肺磨。

无 题

绣枕堪悲琥珀香,谁教仙府会刘郎。
芭蕉已展芙蓉老,孔雀徘徊故野长。
啼血杜鹃明月夜,帝妃鼓瑟碧潇湘。
愁肠百转越吟苦,欲去蓬山隔海江。

无 题

鄂君绣被体脂香,荀令薰炉空桂堂。
陡愿苁蓉生蕙畹,终伤鸾凤画雕床。
情凝佳藕莲心苦,意寄银鳞春恨长。
人事天机成错莫,漫将翰墨话凄凉。

无 题

锦水返光迟暮楼,为谁含恨赴东流。
女箩附木霜秋尽,玛瑙贴心鸾梦留。
爱在岐途幽怨盛,琴弹悲处涕难收。
愁肠理尽情难尽,仰望蓬莱云雾稠。

无 题

世杳子期曲易沉,点灯山上莫流云。
惊鸿照影园波渺,绣女窥墙宋玉邻。
铜雀荒芜花媚客,洞庭浩瀚月飞银。
此情自古难消尽,总趁生年醉锦辰。

斗瘟诗

九天玄女下尘寰，御雪巡风凤辇寒。
冠孽鸩毒横碧落，鼋鼍眦裂潜波澜。
医拼疫室千楼月，民阻瘟源万壑川。
玄女泪流湿宝靥，气冲牛斗战鏖年。

词

画堂春·望窗外

情丝万缕撒苍穹,鸡窗幻梦玄卿。病魔附体舞中宫。千古谁同?星烁光浮花树,池涵月里云峰。亲朋凋落景玲珑,心绪难平!

画堂春

赏花扶翠绕红楼,夕阳碧草悠悠。凤蝶吻破杏园秋,墨骨难收。炫水红霞飞燕,靓姑飘发芳丘。登山不减画堂愁,何故云游?

画堂春

袭窗雷雨密连城,畅怀沃野秋声。咏诗病叟背如弓,李杜聆听。王母亲弹琴瑟,麻姑醉舞瑶宫。凝眸窗外渺茫中,有泪如倾。

画堂春

翠偎粉簇笼香云,崇楼旭日青岑。挎包靓妇抿朱唇,唱彻林禽。扑面骚坛钱臭,畏人俗世红尘。仰天无语叹麒麟,醉倒芳樽。

蝶恋花

返照蔚霞花树影,慨叹人生,又到芳秋景。谙透风尘谁醉醒,茂陵石马秦陵佣。草色连天愁绪并。世事如棋,多少黄粱梦!树雀唏翁萝荔径,吸睛林岳云霄耸。

蝶恋花

花里墙衣粘露涩，苔坠珍珠，院鸟听吟课。宿雨添香翁病色，莫言老死填沟壑。岁月蹉跎如过客。惦念国情，鼎盛捻髯乐。反腐倚天挥剑锷，畅怀仰望冲云鹤。

蝶恋花

蜀地风竹斜照曲，极浦生烟，山月沉花雨。异域情怀伤羁旅，宛娘心事与谁语。梦里相拥难再续。隔断银河，怅望同牛女。缭乱春思如柳絮，蒙蒙飞向天涯去。

蝶恋花

杨柳浓荫消溽暑。树顶鸣禽，树下谈今古。举世挥戈除硕鼠，强国更恤烝黎苦。连岭城楼霄汉簇。筑梦寰瀛，砥柱激流矗。凝翠花街蝶翅舞，老翁白首繁华睹。

蝶恋花

物是人非流水逝，日月驰丸，故友仙踪觅。画嶂岂知垂老意，姿容百媚登临地。川树山花联袂忆。洒泪兰亭，芳草无穷碧。罹病残年没好戏，赋愁庾信情怀寄。

蝶恋花

秋雨楼窗琴瑟奏。扯断风弦,疑是银河漏。彻夜连声翁病瘦,无眠已是伤怀后。浮世暗流天幕透,想象歌楼,笙管飘红袖。百味生涯栊触够,锦衾拥坐催白首。

蝶恋花

羁旅天涯烦恼捡,霄汉凝眸,泪向南云满。度水红霞浮影浅,长江落日涵山远。脉脉莺啼杨柳岸,欲剪情丝,又把闲愁选。跂望芳州乡路断,相思频梦桃花面。

点绛唇

叶底藏花,风蝶舞罢扑红粉。俏皮竹笋,倚草香岚吮。瞀眼痴翁,梦获天随❶信。樊篱进,柳拂霜鬓,鸟啭恋林韵。

注:❶天随:天随子,唐代诗人陆龟蒙的别号。

点绛唇

画苑楼台,春光旖旎如醇酒。燕穿湖柳,谁管诗翁瘦。玉砌吟蚕,山野多禽兽。人依旧,曲浮林牖,老脸花枝嗅。

菩萨蛮

群峰竞秀云霄插,诗翁狂似行空马。览景泪双垂,山鸡慕鸟飞。

耄耋怀顾况❶,谁与高峰上。林莽展云旌,莫刮钟磐风。

注:❶顾况:字逋翁,号华阳真逸(一说华阳真隐)。晚年自号悲翁,唐朝海盐(今浙江海宁境内)人。唐代诗人、画家、鉴赏家。晚年隐居茅山。

菩萨蛮

半山窈窕拂云看,俯江落日霞光灿。草木若人生,香添秋野风。

该邀徐渭❶绘,谁掩宣尼袄。病腿尚能开,禽声入耳乖。

注:❶徐渭:绍兴府山阴(今浙江绍兴)人。明代著名文学家、书画家、戏曲家、军事家。

菩萨蛮

槐街柳巷连楼院,路铺车色生绡面。夜晚彩霓城,翁疑玉阙行。

歌厅人似月,蝶抱香梨雪。李杜咏诗来,醉眸扶杖开。

鹧鸪天

受日槐林顾野深,松崖半搂绿溪云。消磨壮志年华暮,莫问承吉❶赏景心。沾露履,落花襟,迎风弹泪竟何因。山光储翠江天早,紫燕冲波乱锦文。

注:❶承吉:张祜,字承吉,邢台清河人,一说山东德州人,唐代著名诗人。

鹧鸪天

树底行翁悦鸟歌，楼园花蕊绣绫罗。稼轩筋力逐年老，跌宕时光春奈何。鸭步迈，虎腰驼，吸睛嫩草玉一窝。红颜仰慕繁花路，悔把红颜抛日梭。

鹧鸪天

回首旧游一梦中，晋云蜀树画时空。恨截秦岭堆书案，闷挽长江入腹胸。追李杜，慕蓬瀛。赋诗总爱道鲲鹏。抚昔万事东流水，谁是巡天凫舄❶翁。

注：❶凫舄：凫舄指仙履。

鹧鸪天

雀飞车铲动迁楼，崇厦围城坐绿洲。病翁苣巷容颜瘦，断壁抛灰华日秋。观此景，瞩环球，几多欢笑几多愁。动迁老户新楼上，尚有他方战火稠。

鹧鸪天

碧水带花林绕山，云披日冕俯秋川。节候莫让青娥换，镜里还将白发添。观瀑布，览藤帘，此生几度有悲欢。松涛风卷千层绿，溶化身心垂暮年。

鹧鸪天

金雀朝翁媚眼抛，繁花劲草敞怀聊。山催诗句排云上，树奏风琴带叶摇。跋蔺磴，涉溪涛，痼疾趴腹乐陶陶。国强犹有尘霭在，一路风情醉酒豪。

卜算子

霞帔饰红楼,鸟啭谁家树。客子多情伫城街,伤此夕阳暮。花影月徘徊,归梦香闺处。何事羁留厮守难,肠断天涯路。

卜算子

紫雾锁危楼,意气凌霄汉。扶杖登楼最顶层,下视州如砚。渔父哪濯缨,樵客豪商变。万古风情谁懂得,野叟凭栏叹。

卜算子

江日练波溶,山碧盘云髻。岸树栖烟沁肺香,谁晓登临意。诗赋草根愁,命蹇萧娘戏。垒块挫伤花甲人,对景涪翁❶忆。

注: ❶涪翁:黄庭坚,字鲁直,号山谷道人,晚号涪翁。

卜算子

庄子梦蝴蝶,翁我觑肥雀。同是古今疏旷人,举酒邀明月。轩冕渺尘埃,心比松崖雪。国事萦怀喜泪流,歌咏敲杯烈。

卜算子

男女手机拿,亿众拂屏乐。菜鸟诗翁网络游,岁是峥嵘客。影视悦身心,损寿吞声卧。君若开脱网瘾迷,君是冲天鹤。

忆江南

鸳鸯侣，携手逛香山。树海流丹香满路，涧禽飞入画中天。俏脸彩霞添。

忆江南·婚旅

纤腰揽，醉倚望江楼。城色函山连楚碧，夕阳古渡载波流。月照凤凰洲。

忆江南

天溶水，婚旅复何求。两岸烟霞行楚尾，一船皓月枕吴头。哪日更重游。

忆江南

幽篁月，偏照辋川翁。树海狂泼文翰墨，春山抓景绘尧空。笔撵落花风。

浣溪沙

曲巷遥连垄首云，葳蕤草木露花晨。莫道收拾耦耕身。划地出蝶追落叶，悠然高树唱青禽。临危思退有谁人。

浣溪沙

老展宏图恐未能，夜闻总是暮秋声。寒烟衰草有无中。坠叶飘阶轻似梦，残菊茏月冷如情。老夫无寐忆平生。

浣溪沙

碧水戛然促落晖，鹭叠雪片带霞飞。留连美景与心违。堪笑新亭王谢涕，深忧云宇玉容灰。赏春乐事醉一回。

浣溪沙

景致撩人锦不如，雪梨含泪艳阳初。寻芳错认草窗庐。花若有情应解语，水偏着意绕山出。柳莺唱彻富春图。

浣溪沙

柳絮蒙蒙漫野津，菁华暗换倩桃春。一声杜宇柳林深。白发潘郎行世路，吴宫粉黛化烟尘。山河原是属闲人。

渔家傲

病酒恹恹失梦寐，月明花蕊熏香媚。楼榭隐约叠翡翠。痴心碎，低眉欲附湘竹尾。韩寿窃香❶情泪坠，芭蕉不展丁香睡。目睹月娥临镜美。星光退，古今谙尽愁滋味。

注： ❶韩寿窃香：晋贾充女午悦韩寿，其婢代为致意，韩乃逾墙与之私通。午偷武帝赐充异香赠韩。此香著体，数月不散，终被充发觉，遂以午嫁韩。后以"韩寿偷香"谓女子爱悦男子，或比喻男女暗中通情。

渔家傲

愁绪偏多人老迈,霜铺草木云无奈。诗赋吟成白发怪。聍林籁,随蝶再把风流卖。鸦嗓呱呱松鼠赖,老翁热舞丑鸭态。蛩歌在,世人哪懂红尘外。

渔家傲

傲岸性情超沈陆,抵天笔势如铜柱。仰望林端金雀舞,人何处,酕醄醉倒陶家树。过隙白驹同旦暮,裁云镂月非一度。媚语时髦通宦路。蓬莱顾,蜃楼如梦遮云雾。

渔家傲

锦榻神游攀蜀道,青莲赋就惊华昊。画嶂云屏危磴抱。松崖峭,英雄踞险中原闹。五丈恸哭龙祖笑,锁金埋骨今人吊。峻岭重叠林谷靠。披衣傲,抚昔犹悸神工造。

渔家傲

岩伸绝壁如鹰嘴,鹰嘴鹰扑绝壁腿。兔公躲避花陂尾。瞧人类,强秦弱燕风云会。天荒地老云霞蔚,嗜血纷争河岳怼。请瞧鹰翅追飞累。夕阳退,老翁看罢思量睡。

木兰花

谁识市井壶翁趣，甚慕丁仙骑鹤去。土埋宫阙黍离离，阅尽沧桑迎柳旭。驾车宝眷金龟婿，扶起绿珠石崇寓。至今胜景属旁人，醉里正冠添美醑。

木兰花

衰年病鬼弹冠庆，瞽眼看花花不定。林禽啼转露华秋，翠满楼亭红满径。愁眉远与云山并，名利到头都是梦。药石服罢立溪桥，镜里飞霞疑彩凤。

木兰花

暮秋落叶山容瘦，羸翁伤怀雕蜀绣。病魔附体舞婆娑，值日神丁歇雾岫。莲房粉润飘香飓。愁里笛吹波鼓皱。庄周善解朽翁情，蝶梦沉思清醒后。

木兰花·李清照

粉腮香过荷花蕊，脉脉金蟾斜照水。相思手抚凤凰琴，雁字恰排西楼尾。仳离国难冰窟坠，暮雨湿窗流血泪。纷纷落叶忆昔时，满目凄凉脾胃碎。

木兰花·柳永

江波红染山霞绾，点点林鸦遮望眼。耆卿愁损怨别离，潘鬓消磨欢日浅。任凭落照云空碾，蚕网情丝苦作茧。俩心若此海能移，身绊天涯芳草远。

木兰花·吕四娘

仇深似海酥胸蕴,三闯清宫雍帝恨。娉婷侠女剑戈中,幻影飞蝶喋血进。暴如商纣间阎瘆,快意恩仇红袖凛。义尼雪域授徒功,斩首孽龙终泄愤。

青玉案

翁随蝶舞花前扭,掩笑口佳人走。镇日莺梭织翠柳。画楼芳苑,艳阳清昼,谁管翁白首。桂兰伸颈廊窗凑,鸟弄琴弦叶间奏。试问闲愁何所有,半浇佳蕊,半添云岫,归醉屠苏酒。

青玉案

吟鞭甩却愁云雾,老处士溪桥渡。李杜无须词笔酷。草贪晞露,落霞飞鹜,怀古芳尘处。蒙蒙柳絮夕阳暮。苜蓿生涯泪流顾。拐杖频敲莎岸路。月章初借,临风驰目,人在桃花坞。

青玉案

楼旋霓彩池横练,月满木樨庭院。不寐更残芳草远。万般愁绪,山川隔断,尽是离亭怨。佳期有梦拥衾短。绣口娇嗔忘华馔。自古多情烦恼拣。背相思债,蹼蹀星晼,流泪腰围减。

青玉案·苏轼

捧读苏轼诗词赋，宦海里沉浮路。借酒浇愁珠玉吐。西湖绝唱，大江怀古，文翰云峰竖。梦妻泪洒孤坟树。宰相为敌竟何故。走马谪官州郡度。彭荷香露，岭梅纱雾，更有销魂处。

青玉案

云峦倒影摇溪日，载鸭水葡萄碧。阔绰农楼花木里。犬声回首，睡莲凝睇，山道腾云细。杖藜拐到桑麻地，枣院车华炫藤壁。户挂流苏林麓丽。瞥然惊魄，歌吹时起，翁泪滴雕砌。

虞美人

秋汀鸥鹭飞屏嶂，谁把丹青放。万年故野莽然平，望里戚戚翁眼恨朦胧。沈腰病损还堪用，盛世腾龙凤。连城楼厦密摩天，远处山驮红日水云间。

虞美人

路车远望随楼尽，山秀蛾眉韵。云鬟水佩柳林湾，梦里情人疑是洛河仙。爱花种到心窝处，万厄银河徂。市郊伫立意何为，一鹤冲天愿载彩云归。

虞美人

蹒跚步履家鹅效，作样呱呱笑。翁衰鹅壮帅呆哥，招惹蜂蝶杨柳舞婆娑。春园红杏枝头闹，邻壑书怀抱。林逋梅舍比如何，尘世涉足无日不风波。

虞美人

销愁最好游山水,雅趣烟云垒。景观宇宙匿玄机,啼鸟声中花瓣落林溪。悬虹雪瀑松崖溅,喷玉生绡面。老翁仙境寤华年,莫叹桑榆晚景落霞天。

虞美人

月楼桃蕊羞花影,翁逛郊峰耸。姮娥妆镜照尘寰,更有星辰霄汉玉阑干。群芳俏脸争求宠,个个跌足哄。人生梦寐语如嫣,恰似一川烟草画中悬。

鹊桥仙

花间璧月,城楼绮户,万里银河垂地。良宵俯仰古今情,便热浪腾胸万亿。唐宗盛世,败清慈禧,泪洒河山带砺。国强须更铲毒瘤,看灯海风光旖旎。

鹊桥仙

春花秋月,晨钟暮鼓,阅尽青山鸥鹭。贪官污吏画皮披,象春韭割茬几度。长江尽挹,昆仑拔起,抛向魔窟深处。青山不老水长流,看原野茫茫征路。

鹊桥仙

倩秋归未,碧垂杨柳,帝阙青娥始降。冷添衣裤欲何如,露盈月明菊花上。昼削林岳,夜旋星汉,襟抱云端投放。诗豪[1]千古恤衰翁,况白发苍苍惆怅。

注:[1] 诗豪:指唐著名诗人刘禹锡。

鹊桥仙

霞跌飞絮，满楼夕照，愁绪偏添眉皱。女郎牵狗小蛮腰，似花叠加清昼。高唐云渺，天台归梦，何故魂丢人瘦。良辰美景唤难回，更蝶舞林园生诱。

鹊桥仙

勾勾情看，娃娃心遛，带病寻芳柳坝。野渠凫翼搅縠纹，被惊起鱼飞珠撒。坡羊叠雪，垄禾拨日，姑嫂红妆翠夏。诗翁扶杖到林丘，竟误入村郭图画。

南乡子

秋尾未闻蝉，万木萧萧落照间。醉卧他乡开口笑，休瞒，碧水涵天天外山。蜀月秀眉弯，闹市谁家奏管弦。曲促情思飞故野，缠绵，云岭遮窗响杜鹃。

南乡子

天女散花时，不见坡仙举酒卮。楼榭飘红春色暮，吟诗，河载胭脂日照迟。玉宇望莎堤，莫怪赢翁醉似泥。景致撩人嗟暗换，今昔，后辈先贤梦寐期。

南乡子

　　犟眼臭婆娘，偏换翁衣笑脸扬。细品初婚桃李态，生香，不慕襄王凤榻狂。岁月老鸳鸯，风雨相携履雪霜。抛却青春都几许，沧桑，白发娘瞧白发郎。

南乡子

　　梅蕊玉脂香，瑞雪添情锦昼长。减却阳台多少梦，仙乡，十二楼中尽晓妆。梅岭费词章，绿萼掺霞映画廊。不是阮郎流悔泪，思量，恐误花期辞绣房。

南乡子

　　烦恼几时抛，风雨残秋万木凋。菡萏香销烟水阔，翁瞧，碧草萋萋带泪摇。看病也逍遥，撑伞猫腰度柳桥。堪叹苏黄谪宦苦，翁豪，照镜谁能白发饶。

生查子

　　叶飘巴蜀秋，雨霁红枫岭。岂是爱登高，客路云霄耸。乡思一望深，霞染千重景。云外雁声稀，何处寻乡井。

生查子

暮秋诗赋成,旷野邯郸步。万古叹一声,碧空宾雁度。夕阳风露花,云岭连江树。节序老相催,令叟悲难诉。

生查子

相约明月园,温玉香怀搂。红慕画楼花,碧羞雕砌柳。如何倩影失,泪落酴醾酒。醉饮不成欢,朝暮空回首。

生查子

病魔箍脑凶,恨咬凶魔死。盛世老翁衰,何日开豪趾。曹刘诗赋香,沈陆朱门闭。不慕杜陵人,生愿骚坛洗。

忆秦娥

郊峦仨,崇楼笼日林亭午。林亭午,怀秋岁岁,翠微如故。谁能处世屏荣辱,索群孤雁飞何处。飞何处,生涯如梦,渺茫云路。

忆秦娥

春依旧,伊笛三弄漆园诱。漆园诱,年年花事,醉翁白首。湖波炫日莺花秀,山连楼榭堆湘绣。堆湘绣,诗仙知否,看翁斟酒。

忆秦娥

拿云手，片酬天价昔没有。昔没有，花姿柳色，尽熏钱臭。如闻怒举包公首，郾城弃剑石城走❶。石城走，赢寰瞩目，问心羞否。

注：❶郾城弃剑石城走：杜甫诗《观公孙大娘弟子舞剑器行》序中说："开元三载，余尚童稚，记于郾城观公孙氏，舞剑器浑脱，浏漓顿挫，独出冠时。"诗里有："临颍美人在白帝，妙舞此曲神扬扬。金粟堆前木已拱，瞿唐石城草萧瑟。"此处化用之。

忆秦娥

金丝雀，花房美睡金蟾月。金蟾月，娇娘笑靥，倚郎情切。鹊桥牛女银河越，眼流悲泪银河泻。银河泻，人间天上，笃情逾烈。

忆秦娥

寒林雪，直冲霄汉铺云岳。铺云岳，埋关唐宋，朔风明月。万年流尽英雄血，促成盛世情怀烈。情怀烈，锦城灯海，醉歌园榭。

小重山

灯下填词观美人。谁知情泪坠，暗销魂。梨花雨打又黄昏。别经岁，眺望岭林深。枫叶似丹唇。韶华流水逝，梦留痕。迢迢云路阻京津。琴弦断，无处觅知音。

小重山

美在城街傲五侯。铿然一叶落,已惊秋。谁家哀乐奏红楼。丰都去,生世若为酬。翠岗映湖幽,车烟城宇布,病缠头。凭栏浩叹古辽州。连云厦,翁老复何求。

小重山

师教倾心昼夜忙。贪玩丫蛋生,诲学堂。泥滑风雨陡坡狂。身背送,慈母爱儿肠。备课月华凉。园丁培育累,鬓如霜。高山可仰海能量。师情比,热泪淌衣裳。

小重山

世事萦怀沟壑多。愁烦人易老,且听歌。云披岱岳俯江河。思千古,日月转如梭。易水去荆轲。西施吴越换,又如何。迎宾野卉展绡罗。翁寂寞,归卧懒云窝。

一剪梅

朗日车流楼厦城。秋尽山郭,雾舔江亭。风袤紧摆病翁悲。舞袂霜菊,杨柳鸣笙。故友雕如落叶桐。东野❶穷途,东海华庚。扶筇林鹊错应声。万物猫冬,不见飞鸿。

注:❶东野:孟郊,字东野,湖州武康(今浙江德清县)人,祖籍平昌(今山东德州临邑县),唐代著名诗人。

一剪梅

粉瓣帖额立翠轩。蝶舞芳姿,鸟弄琴弦。草埔绣毯满河山。画景难描,老朽情酣。物欲横流割舍难。金谷尘埋,伍庙生烟。千年美睡幕陈抟。不厌松间,且赏花前。

一剪梅

月转回廊粉藕秋。梦想瑶池,情满金瓯。愿天御宴掉潘桃。仰望仙姬,仰慕孙猴。孙姓家族后辈讴。乐地猴癫,陶醉桥头。一园霓彩绚红楼。树也娉婷,草也温柔。

一剪梅

闷踏青山华岳巅。野莽扑怀,云雾拍肩。风掀锦袄若飞鸢。摒却尘嚣,傲立尘寰。国势腾龙环宇蟠。感叹今昔,筑梦轩辕。赢翁喜泪落花溪。瞩目苍穹,久立松岩。

一剪梅

郡野残秋落叶黄。老态龙钟,对景凄凉。丛菊晨露粉衣湿。林瘦云峦,鱼匿荷塘。天冷蜂蝶入梦乡。慷慨人生,慷慨沧桑。丹炉九转妙难期。且展欢眉,莫入愁肠。

浣溪沙

星坠山前杨柳堤，一江明月碧琉璃，为何不寐立石矶。国运鹏飞蔗境美，病身惬意旅栖迟，斑竹风摆似闻琵。

浣溪沙

曲巷繁花璧月辉，车如水涌骇罳奎，商城霓彩幻霞帏。妙曲遏云楼馆丽，路通宫殿入翠微，诗翁笑望绛河垂。

浣溪沙

牵狗女郎迎日姝，柳梢乖雀语连珠，园林馥郁蕙风输。顾我琴音佳木配，绘他彩画野冈殊，余生有意问仙都。

浣溪沙

夜色朦胧蜀壑佳，月痕划破水中崖，星灯错落野竹洼。倩影眼前轻似梦，情思心上细如纱，天涯屡见故乡花。

采桑子·合欢树

妃魂帝魄合欢夜。羽叶相交，粉腻香缭，露育菁华戴月娇。殉情千古相思树。风雨吹箫，霜雪披袍，天地同心郡野遥。

采桑子

绿衣粉面农楼院。旭吻花房,或梦高唐,仙壤谪凡黛玉妆。窥窗倾慕鸳鸯侣。绣蕊情殇,萼泪流芳,霞慰春兰傍柳塘。

采桑子

少年男女轻盈步。人老珠黄,叶落夕阳,慕彼归程督目郎。相如涤器文君肆。千载怀伤,岁暮严霜,国富民康翁病囊。

采桑子

云中山木萧萧落。岁月消亡,倾诉衷肠,万物衰荣沃野床。莫嗟贾岛敲诗老。月夜评章,帝路贻芳,多病痴翁是视窗。

采桑子

叶铺槿径芳风帚。老监❶归舟,老谢❷凭楼,不见翁颜谁与讴。秋雕幽谷芳兰觅。落照汀州,初月莎丘,啼鸟桥头观水流。

注:❶老监:唐代大诗人贺知章曾担任秘书监,晚年自号"四明狂客",所以有"狂吟老监"之称。❷老谢:指谢朓,是中国古代文学史上南朝文学的代表人物,又是山水诗形成时期最为重要的诗人。

踏莎行

风抚藤花，粉湿香雾。黄莺巧啭芙蓉木。无端思绪惹愁烦，回肠笙曲萍湖渡。眉蹙屏山，秋波澄目。闺帏独守人何处。藤身本自树身伏，夕阳吊影林亭暮。

踏莎行

收获时节，摆摊罗列。果香薰透蟾宫月。蜿蜒场景暮灯垂，楼街车载飘霜叶。叫卖连声，俯城林岳。一生购买一头雪。国绥临路看全球，富康洒泪怀英烈。

踏莎行

古刹钟声，雾钻雕塔，流星划过鱼鳞瓦。城郊纵目碧氤氲，柳丝摇曳初曦夏。人老怀春，亭花漫把。苦吟贾孟成佳话。病躯何事滞楼园，林峦总矗绮霞下。

踏莎行

村柳筛阳，雾江铺练，长空雁唳巡芳甸。芦花如雪笼烟飞，算龄又过年时半。步履蹒跚，断肠竹管。秋声落在谁家院。一腔愁绪付东流，银髯飘摆红枫岸。

踏莎行

鸟露秋蒿，翁呆棘径。桦林披雾迎波动。溪涵峦影翠拨天，情缘野趣获风送。山外红尘，山中仙境。隔溪似见梧桐凤。蹉跎岁月不饶人，古来几个遐龄剩。

夜游宫

赋就乔林芳草，怀古书斋翁老。月夜汨罗深，与招魂。李杜关怀社稷，偏作诗文游戏。浩叹古今人，凤鸣心。

夜游宫

园日镶金玉树，似水流年虚度。好鸟啭花荫，爱春深。湖月铺银锦岸，楼榭一声笛怨。懊恼病魔临，捻髯闻。

夜游宫

摘藻轻舒华翰，沧海调汁做砚。运蹇岁寒心，泪流衿。才尽南朝江淹，稼穑幽怀陶潜。花甲有谁知，月明时。

夜游宫

谁晓渔翁野趣，欸乃一声水绿。沿岸古猿啼，过山溪。燃楚竹岩际宿，嘹唳一声鹤顾。刺史扣荆门，入白云。

夜游宫

衣落红花簌簌，鸟唤春归处处。翁老不称情，晚曛中。帝厦灯吞星汉，湖彩流光阆苑。蝶去客凭栏，叹衰颜。

江城子

山拔巨力倚苍穹。树茏葱，水叮咚，腿跨山脊，好似驾云鹏。下视茫茫城景处，楼厦耸，玉蓬瀛。举国昌盛宇环雄。醉赢翁，雾齐胸，盘古追根，多少梦形成。祖业今情华域美。晨旭眺，蔚霞红。

江城子

楼台落叶作蝶飞。沼含辉，柳颦眉。树鸟瞧翁，癯脸皱纹堆。莫叹人生无再少，乌兔走，老天催。谪仙长忆谢玄晖。往昔怀，意何为。山色颇佳，霞护美人胚。更踏霜华明月地，风祆鼓，不思归。

江城子

入冬节气北风寒。叶声干，野花残。老尽诗翁，瘦尽黛青山。对酒当歌筋颈挺。千载慕，葛洪仙。风梳云鬓饰晴川。纸为天，笔为椽，研墨瑶池，盛世绘佳篇。草芥村夫肝胆壮，金垄畔，玉溪前。

江城子

树梢花鸟斗春衣。拐桃蹊,到杨堤。乐府华章,高咏有谁知。苦乐人生一场戏。松鼠闹,鹊声稀。藻波雨霁映云霓。画亭离,踏莎泥。孰料阴晴,世事莫能识。静览游鱼回皓首,林拱翠,雾山低。

江城子

流星赶月过雕镂。桂兰秋,翠华州。虚度韶光,山倚柳湖愁。雪发飘飘林苑夜,亡友念,布衣羞。湖蛙奏鼓岸蚕讴。月华柔,野馨稠。病叟无眠,萤火草丛流。抬杖频敲随舞步。疯玉砌,泪湿裘。

渔歌子

灯焕楼林敞玉绳,路车摇彩漫高城。杨柳月,草坪风。笙歌几处伴诗翁。

渔歌子

竹影摇红嫩蕊春。俺家着水绿茵深。林雀友,野冈邻。金鸡报晓舞刘昆❶。

注:❶刘昆:西晋诗人,字越石。

渔歌子

巷柳披霜带雀垂。御寒老朽颤巍巍。城厦美,病躯悲。老年愿驾彩云飞。

渔歌子

野卉输华展锦章，林鸟协曲奏宫商。蝶艳舞，岫眉张。刘郎纵死傍花香。

如梦令

月色玲珑花地，谁懂翠微情意。浓夜影临池，招惹睡莲香溢。岑寂，岑寂，谁在梦中寻觅。

如梦令

玉露坠珠芳蒂，联袂伴咱闺蜜。笑靥颤如花，恰在月中花地。人际，国际，梦想畅谈花季。

如梦令

杯酒良宵沉醉，一扫腑愁唯睡。世事饭局中，阔佬美随花魅。回味，回味，今古几多身退。

如梦令

雾绕溪桥林涧，映雪蜡梅花绽。竹户数枝春，原是半山亭院。香艳，香艳，雅趣汇波流远。

相见欢

荡胸峻岭层云，望乡心。终是年来怀念，日夕深。擦泪眼，何时见，暗销魂。林里杜鹃啼血不堪闻。

相见欢

箭波千里平堤。野鸥嬉。浪遏客轮江阔，暮云低。船舷站，舒鸿愿，傍婚妻。水溅旅颜雄视岸山移。

相见欢

恼人腊月寒威。宿楼晖。檐雀争食收翼，斗柴堆。人生路，知何处，叹轮回。莫笑争食檐雀绕柴飞。

相见欢·夫妻情

笃情地老天荒，诉衷肠。菡萏湖亭相倚，沐夕阳。拥软玉，神仙侣，泄花香。似见凌波佳丽舞霓裳。

太常引

慧黠媚眼蕴芳魂，柳衬好腰身。日丽杏花春。馥郁郁优游锦辰。陡生情窦，画楼御苑，谁获美眉心。目送梦中人。叹墙外坡仙损神。

太常引

晨街玉树饰楼台，映雪彩霞斋。暄被碧天裁。喜那草花酣睡来。肥山沃野，满城梨蕊，瓦雀探窗乖。万物费心猜。户外景邀咱畅怀。

太常引

雪人堆就笑嬉童，路伫病诗翁。心境岂相同。日照里寒冰朔风。投眸老矣，沧桑感慨，白首傍楼亭。日月转无声。望郊岭云埋雾浓。

太常引

城楼晓雪覆红霞。妙笔绽奇葩。何日载星槎。渡海路识织女家。咨询帝所，易安相伴，久种邵平瓜。好似井中蛙。老伴笑地颠掉牙。

太常引

撒花雪树舞东风，雀坠乱山横。野旷立朱亭。入耳晓传林寺钟。冰溪意满，云崖情切，万壑揽怀中。梵境悟人生。邃殿望为谁露薹。

破阵子

岁月消磨壮志，醉眸睥睨山河。秦岭飞车霄汉越，蜀道凌云野莽歌。报国山可挪。建厂流金酷暑，筑楼骤雨瓢泼。老矣如今白发握，怀旧当年梦寐多。夕阳奈汝何。

破阵子

乳雾吞食岭旭,谷风轻吻林田。野水人家闻犬吠,裹脑巴男耕稻田。晨炊袅袅烟。墟里殷勤待客,山溪别样青天。异域情怀非故野,暂把愁云放碧川。回乡莫问年。

破阵子

笔触直击岱岳,三峡搅动词源。蘸满豪情丝路颂,筑梦鹏程尧舜天。环球尽宴欢。顾我涓埃老迈,慕他虎踞华巅。四海龙腾雄万古,战鼓雷鸣大纛悬。耆翁喜泪潸。

破阵子

峭壁如削慑魄,群峰似刹横空。栈道蛇盘云雾挂,亘古开国碧宇雄。林传啼鸟声。载客驰车今日,太白蜀道曾行。霄汉高端书盛世,豪气直冲牛斗宫。胸倾万载情。

破阵子

倚枕胸中烦闷,潾肠红柿颐神。陆海潘江思渺渺,鲁殿灵光惑草根。媚言充耳闻。手捧苏黄书卷,病魔宴请嘉宾。诗海扬帆多少事,凤嘴煎膏麟角焖。续弦能醉人。

满庭芳

驭鹤升空，握星勺柄，获取妆饰芝田。洒霞跌影，遗恨化灵岩。谁在阆阖桂阙，骑蟾背，醉里偷闲。瑶池外，神游梦境，热舞草根仙。疯癫，身后事，烟云过眼，带砺河山。想今古人生，汉踞秦关。月照桑田沧海，血与泪，演续尘寰。翁躯老，嫦娥促我，快去紫芝园。

满庭芳

台谢歌吹，柳摇冰岸，赏雪阁苑曦亭。圣贤千古，鸦雀伴诗翁。李杜云中浩叹，骚坛事，振落发蒙。峦披黛，野林疏旷，雾色沁寒汀。愁浓，堪画处，天极远浦，岫断岩松。运逼病缠绵，耳灌西风。仰望文星昼夜，吾衰矣，寂寞长卿[1]。泫然涕，愧滴衣袖，碧宇罩高城。

注：[1]长卿：司马相如，字长卿，蜀郡成都人，西汉辞赋家。

满庭芳

雀啭回廊，连城楼厦，岭围直插晴雯。耆翁扶杖，皤发造园林。血病栓塞惧怕，平生爱，丹壑白云。嘲邦彦[1]，鸿章巨笔，难画向隅心。沉吟，坟典览，流芳百世，屈宋何因。赞康富家国，泼墨乾坤。感佩民族鼎盛，草根我，抱憾垂纶。石桥畔，仰观碧落，豪气盖昆仑。

注：[1]邦彦：周邦彦，北宋著名词人，字美成，号清真居士。

满庭芳·诸葛亮

三顾茅庐，鲲鹏雄起，鼓翼直捣沧溟。经天纬地，勋业鼎足成。赤壁曹瞒火遁，擒孟获、险象环生。宏谟蕴，助刘扶汉，万古仰褒旌。街亭，诛马谡，何流悔泪，琴奏空城。陟叠岭崔嵬，栈道峥嵘。叹木牛流马妙，连弩巧，功败垂成。出师表，声达帝阙，无奈陨长星。

满庭芳

葭水揉兰，溪蝶舞镜，皂燕飞转林峦。老翁扶杖，郊景憯跻攀。孔孟追思万古，慕元亮，稼穑园田。争轩冕，纵观狌犴，蝇虎列贪官。休闲，福党赐，恩高崇岳，尽惠黎元。逛芳径珍丛，移履苔潭。佳木禽腔自乐，怪松鼠，搔爪松颠。云岑外，递情星汉，发我醉时言。

水调歌头

屏嶂俯城翠，杨柳日光摇。翁如病鸟塌翼，景美造型孬。照水深怜瘦影，郊树弥芳天际，花卉媚春袍。山放稼轩趣，野养咬金[1]膘。坐锦茵，闻玉蕗，瞩金雕。胸中垒块，须向林海谷云抛。莫问身前琐事，且觅神仙洞府，天命恐难逃。树侧蝶媒引，鸟使壑前招。

注：[1] 咬金：程咬金，唐朝开国元勋之一。

水调歌头

莺啭傍楼柳，假日碧莲峰。湖轩空对寥廓，迎面水仙风。醉卧谪仙几许，欢宴坡仙几度，白首伫园亭。粉黛美如画，晚照落花中。平生梦，屡回顾，古今同。无端蛙鼓，偏惹思绪陟苍穹。病老荣衰何憾，融汇华章翰墨，倾诉腹胸情。默咏先贤句，笔势走蛟龙。

水调歌头

雪被寝花卉，城满月光楼。灯霓奂彩云霓，风裹锦貂裘。老叟呵寒归去，仰望琼州玉宇，感慨岁华流。诗圣耒阳晓，欣喜泪珠稠。盛世恋，身病恨，英烈讴。峥嵘岁月，喋血鏖战筑金瓯。遥想乡城旧貌，体现夕街胜景，锦绣醉眸收。商厦车如蚁，舞曲馆池头。

水调歌头

槐巷绕城宇，芍药粉香流。柳遮佳丽河岸，媚日翠竹愁。莫赋高唐云雨，韩寿偷香何故，谁伴范蠡游。人面欲何往，着眼野人鸥。连天水，街市阔，绿茵楼。风尘阅尽，花心人事若为酬。抛饵闲装钓客，吵耳推车商贩，俗世画图秋。还望柳垂处，倩影曳光休。

水调歌头

俏脸照溪镜，绮翼煮春晖。东皇美意难却，携侣燕山陲。登岭迭巇无数，赏木琪花次第，云寺俯嵬嵬。膝没碧岩草，谷雾杜鹃飞。相拥坐，峰巅指，玉腮偎。情闸崩泻，直冲渤澥水难为。卿是瑶池仙女，俺做观音童子，月老笑弯眉。霞蔚山光暮，绿野沁香归。

汉宫春

旖旎咸春,日暖佳客聚,摄影珍坛。碧楼紫陌,脉脉曲绕湖轩。桃夭李昳,映罗绡,馥郁林园。蝶舞榭,魟鱼戏藻,老翁蹀躞莎湾。尚念他国兄妹,血流缘战乱,疼损脾肝。和谐社区画景,啸傲凭栏。虽翁老病,步蹒跚,蜜灌心田。揩热泪,优游寺殿,放歌攒劲花前。

菩萨蛮

痴情妻怨花心汉,狐精恨去腮撕烂。泪眼不曾晴,低眉蹙远峰。鸳衾合榻恼,再醮许娘老。婚照拭犹新,衷肠诉晚曛。

汉宫春

柏老成翁,干衰根未死,卧雪戬藏。危楼崇岳,掩映林麓荒塘。风撕叶柄,矗苍穹,仰日低昂。虫豸噬,浑身疤癞,饱经世纪风霜。昼夜傍岩瘠土,遏尘霭咫尺,思欲龙骧。皇封泰巅蔑视,偃蹇谁详。深心苦楚,挺残躯,皓月银装。真老矣,云峦依恋,泪眸瞩望川乡。

汉宫春

鲛室掀翻,碧河云滚墨,风艇波山。惊心骇目,似龙怒触娜嬛。雷鸣电闪,岸石塌,光灿林原。蟠嵂岳,松摇瀑挂,喧阗奏乐钧天。多客手足无措,浪凶顷骤雨,射弩垂帘。抓舷顶风逆浪,鳌雾高悬。抛锚舣岸,客狂奔,狼狈千般。抹脸望,垃圾围堰,麦秸烧作灰田。

汉宫春

市镇祁寒,树僵冰街路,步履蹒跚。尧章❶苦劝,赋词空费肠肝。骚坛阔佬,早登科,乘鹤骖鸾。如贾孟,吟鞭吟断,岱岳依然。我道:诗痴则个,觑诗词瀚海,莫觅灵泉。摩诘奉和律制,谁敢拍砖。风割老脸,冻缩脖,还赏云峦。楼厦绘,枯肠抱怨,咋生傻蛋腰间。

注:❶尧章:姜夔,字尧章,号白石道人,饶州鄱阳(今江西省鄱阳县)人。南宋文学家、音乐家,少年孤贫,屡试不第,终生未仕,一生转徙江湖,靠卖字和朋友接济为生。

汉宫春

宿雪冰晨,万楼灯彩路,寂寞陈琳❶。老妻探妹,几时归报郎君。疏林峻岭,雾霭沉,渐锁眉心。人暮景,凄惶泪水,沾湿绣枕鸳衾。堪慕绿男红女,似勃发旭日,展翅云禽。情知水归浩海,斗转昆仑。英雄气短,谁甘泯灭乾坤。收眷念,拔胸脾肚,举足挺杖园林。

注:❶陈琳:陈琳,字孔璋,广陵射阳人,东汉末年文学家。

扬州慢

花弹楼栏,日曛烟柳,翠冈倒影萍池。杖敲石堰磴,燕掠碧琉璃。漫回首,足登古垛,仰瞻霄汉,怀抱堪哉。送秋眸,云雾蒸腾,赓演今昔。拭摸瓦砾,辨渣难,秦土清泥。想战火熊熊,军旗猎猎,惊骇胸脾。俯仰历朝当世,凭墙傲,岭峻云低。喜繁华都市,桑麻何处闻鸡。

扬州慢

杨柳拖烟，老榕遮岸，钓翁甩线春河。鹭鸶拍翅起，蒯动早呱鹅。谷林绕，葳蕤笼雾，异乡留滞，风摆田禾。念虞臣❶为客孤栖，滋味如何。俯河蜀岭，耸天庭，叠嶂纠隔。弄柳叶遗愁，娇逢笑妹，唇吐川歌。宛转俚歌云遏，情怀触，柳舞莺和。配繁花佳景，舒双眉已心折。

注：❶虞臣：马戴，字虞臣，唐定州曲阳（今河北省曲阳县）人，晚唐时期著名诗人。

扬州慢

莺语如簧，草蝶盘锦，碧湖柳蘸萍波。画船摇橹去，紫燕矗云罗。老翁逛，寻芳槿径，病魔玩票，旗举城郭。嘱军兵，坚守中州，擂鼓鸣锣。纵情阆苑，锁愁关，习舞婆娑。赏药圃姣容，林鹂妙曲，灵鹊搭窝。叹物种生机旺，描春景，近毫何说。牡丹招香袂，娇娆偏爱罗锅。

扬州慢

都市曦山，玉栏朱户，崇楼帝厦高城。锦街杨柳木，过路轿如龙。忆昔貌，平房陋巷，岭欺城矮，聒耳蚊蝇。指弹间，国富民康，年月昌隆。举足送目，慕诸雄，勃起寰瀛。血涌满胸膛，虽翁老迈，难抑豪情。俺笔触华章赋，难书就，盛世繁荣。笑辄阴沟处，独妖权霸发疯。

扬州慢

冰雪城郭，酷寒林陌，锦裘野色相宜。利缰名锁惑，几个悔奄歹。万年演，翻新戏剧。马驰兵进，多少局棋。看衰翁，夕照拥身，霞彩镶篱。灌风耳鼓，乐颠颠，些事休提。美醑酕醄，桑榆晚景，慕煞微之[1]。袖手碧河观望，丘陵仃，笼雾高低。养灵台心性，冥参琼宇玄机。

注：[1] 微之：元稹，字微之，河南洛阳人唐代著名诗人、文学家。

沁园春

国厦通衢，院校围墙，崇岗傍城。翠簇云鬟戴，馆厅星布，店庄棋列，顾客蜂拥。光耀唐虞，景逾汉肆，翁我激情若碧滨。临街仃，广场观艳舞，活凤生龙。银河灯海交融。月明夜楼城炫彩虹。李杜惜作古。美欧脸紫，日韩眼绿，独魅唇青。悦耳弦歌，车流辉映，玉帝仙姬忘返宫。沧桑变，落衣欣喜泪，疑在蓬瀛。

沁园春·李商隐

泛梗胥身，贾谊愁容，病酒相如。愤世题锦瑟，平林怅望，烟云凤阙，铁网珊瑚。牛李争雄，圣贤命舛，自古麒麟困蹇途。亡妻悼，岭悲河易色，暮雨闻哭。皇天降祸鸿儒，恨魍魉飞扬念鼎湖。持节开翰墨，驭骚化典，裁云镂月，倾述园庐。天纵菁华，师遵几代，血泪凝成旷世书。英年逝，叹文星陨落，翁老荒芜。

沁园春·杜牧

豆蔻词工,梦好青楼,李杜并称。壮志扶社稷,唐皇昏聩,阁僚倾轧,党乱宫廷。避祸京都,仰天长叹,过路昭陵泪眼疼。时局厄,范蠡湖海去,吾辈焉从。秦淮楼榭鸣笙。夜泊粉香飘腻水腥。商女庭花唱,笼烟明月,伤怀孤客,谁理戚容。佳丽倾心,托魂柳巷,《礼记》铭胸化彩虹。骚歌赋,赋春愁秋怨,千古倾听。

沁园春·陆游

唐琬伤神,海誓埋尘,邂逅沈园。照影惊鸿水,载流血泪,撕心剜肺,莫逝云川。深匿哀思,投身军旅,铁马戎装度散关。吞强虏,报国长城喻,马裹尸还。堪悲宋帝颟顸,佞臣议和淫逸苟安。痛国疆沦陷,胡羌肆虐,生灵涂炭,仗剑难言。官罢归田,诗词倾诉,表露平胡老骥肝。思昔否,琬娘仙界待,重续前缘。

沁园春·刘禹锡

羁马踟蹰,贬露荒蛮,辗转异乡。屈平披萝地,萧萧枫岸,茫茫云梦,汨汨沅湘。革弊遭灾,浮生何恨,深夜金蟾度女墙。如白鹤,屈身栖草莽,困翼低昂。诗逼月彩星芒,俊赏若春风扑脸庞。彼豪翁矍铄,访乌衣巷,竹枝词唱,赅古仙商。老病归来,悲歌长啸,雕眄青云睡眼张。年华尽,历史长河涌,谁继遗芳。

满江红

老朽愚顽，飞楼倚，临渊峙岳。襟抱送，曙波戏鹭，野霞霁色。渺渺人烟浮碧宇，峡风刮脸潭石越。廉颇慕，莫要乐窝呆，学鸦雀。福党赐，国创业。图景阔，征旌烈。睹龙腾虎跃，气冲天阙。踏履溪桥衣袖冷，攀登峻岭肝肠热。病躯挺，诗赋更添砖，心如月。

满江红

职供京畿，驰壮岁，荒山夜宿。星斗顾，月垂文练，映窗花木。响榻蜈蚣惊梦寐，蚊虫排幂红包吐。故乡辞，矢志闯天涯，榆关度。班超忆，孙武慕，拼热汗，国基筑。霸权张铁爪，恐独毛竖。造就倚天诛鬼剑，鹏程跃马峰巅赴。节暇日，杯酒醉花间，金微抚。

满江红

锦簇花团，园景阔，柳匝莲水。翁履踏，倩林芳草，碧歇峦腿。好鸟啼枝霜鬓老，硕鲢骑浪吹萍美。漫回顾，满面战尘时，征歌脆。秦岭越，巴蜀睡。挥汗雨，金乌坠。厂楼屏嶂耸，缅怀犹醉。今日身衰桑梓地，晴雯影渡轩湖尾。杖藜扶，思欲荡兰舟，登丘嘴。

满江红

象齿焚身，凭谁问，以珠弹雀。翁窃笑，玉环石崇，梦归地穴。春暖莺花芳草路，城郭扠野云盘岳。祸福倚，梦醒几多人，欹楼榭。国鼎盛，薅腐慊。临翠壑，香岚悦。叹难填欲海，筐屋皇阙。林莽泛光华宇阔，柳丝拂面松岩越。浴霞归，回首史实悲，初弦月。

满江红·涿县书怀

酒肆牌楼，桃园觅，树迎春翼。龙虎会，九垓颠簸，庙堂操戟。崛起栋梁横禹甸，苍穹滚动英雄气。铁与血，戎马冒征尘，风云际。斗吕布，鏖赤壁，开帝业，张天力。辨城街古道，慨然流涕。涿县虎贲踪迹杳，倩桃台榭垂红寂。尚遗恨，私谊忘国仇，鸿猷弃。

念奴娇

翠增山色，婉花拥晨练，曦林芳甸。衣袂轻沾香蕊粉，春鸟时抛歌串。玉女团操，仙翁舞剑，湖展生绡面。重生庄李，盛装佳景咋看。俺病耻做孬虫，耳聆弦曲，拳脚循声变。想祖宗茹毛饮血，攒劲桃坡梨岸。吮吸清岚，凝瞳飞燕，睥睨云山半。千秋谁比，莫将愁网深陷。

念奴娇·雪

林峦陡涨，密扑填沟壑，巧妆川陆。何故散花仙阙女，云旆半遮星目。玉配楼台，银镶苑殿，市野无垠素。病翁冒昧，踏屐郊景诗赋。莫怪咏雪乔吉❶，无香柳絮，梅岭披衣顾。笑舔冰花田垄望，冬麦被暄呵护。去压尘污，来清霾雾，广宇激情注。满身梨蕊，返程人在官渡。

注：❶乔吉：元代杂剧家、散曲作家。

念奴娇

朝暾树挂，映城宇山色，愁生烟渚。宿雪及天涵水静，谁见翁容图谱。妻病他乡，彼夫衰迈，岭峭迢迢路。朔风吹发，劲嚣林籁如诉。酒醒何处耆卿，情通今古，锦榻归如故。电信视频传俏面，慰我深心迟暮。重理瑶琴，错翻书卷，抱柱❶风云驻。展眉一梦，泪拥相觑花坞。

注：❶抱柱：典出《庄子集释》卷九下《杂篇·盗跖》。相传一书生同一女子相约在桥下见面。他等了很久，不见女子到来，这时河水猛涨，淹没桥梁，书生为了坚守信约，不肯离去，抱住桥柱，淹死在水里。后以喻坚守爱情信约。

念奴娇·千山❶记游

寺楼道观，蹴天踔腾岳，雾包云裹。何岁仙翁骑鹤过，歇在莲花千朵。携侣登临，手扪斗柄，渤澥盈眸阔。壁佛膜拜，磬声林隙传我。孽障尘世萦心，玉蝶梵鸟，露影知非躲。唐帝振衣松岗伫，想象战争灾祸。日照龙泉，风清祖越，卧象攀岩坐。古槐低语，似聆凡界因果。

注：❶千山：千山位于辽宁省鞍山市东南17公里处，总面积44平方公里，素有"东北明珠"之称，是国家重点风景名胜区。千山为长白山支脉，主峰高708.3米，总面积72平方公里。

念奴娇

苍旻河汉，翠排杞柳岸，水伸山脚。故野嬉童游乐场，鸿雁栖鸣红蓼。手捧苔泉，网兜鱼蟹，雨雳林田俏。阿牛活宝，举镰哼曲割草。经岁垂暮怀乡，乡景玩伴，梦醒循声渺。树叶回根千古喻，脉脉心飞云表。老杜归舟，思鲈张翰，何事君行早。故山乡水，刻脾铭肺人老。

摊破浣溪沙

朱夏晴光丝雨无,糟风扬土面门糊。树叶虫嚼馋鬼样,愣当途!蚪涸干芦苇蒲,狗猫热喘柘桑庐。田野旱魃凶霸相,骂"瘟猪"!

木兰花

山拥万树云端长,扑进林阴怀抱爽。
花丛醉舞俏蝴蝶,云嶂时闻啼鸟响。
人生世事劳狂想,美女金钱皮肉绑。
看翁笑撵翠蜻蜓,君正熬心名利场!

后　记

　　临结尾，我想给广大古体诗歌爱好者，再说几句。

　　目前，古体诗歌爱好者众，十分可喜，但普遍创作水平不高。结合个人创作体会，以下几点仅供初学者参考。

　　一，诗的语言必须要优美，不论豪放或婉约，都须要遵循"清词丽句必为邻"这一古训。

　　二，描写形象化。遣词造句要鲜活、精练，运用大众所熟知的形象化语句表达思想内容。

　　三，含蓄，意在言外。诗贵含蓄，毋庸置疑，但怎样才能做到呢？我的粗浅经验是，不直说，或寓意，或暗示，或反问，或比兴，或拟人，或用典，或渲染白描（易安居士善用白描手法），或以景叙情等。如李白"唯见长江天际流"是也。

　　四，诗要沉稳蕴藉，绝不能浮在表面，要在沉稳处下功夫。古有"深入浅出"这一教导，然而只有高水平的诗家才能做到。

　　五，多读书。诗有佳句得之不易。借鉴古人，善于发现总结，才能创新。

　　六，主题表达不可芜杂。

　　七，诗要有生活情趣。情趣是诗的灵魂。有感情的诗才有温度，才能使读者感同身受，引起共鸣。

　　八，弘扬主旋律。这是人人都知道的，这里我就不再赘述了。

九，意境。前面几条已隐含此意。要力求意境高雅、超脱、深远。

十，少用虚词、动词，多用名词。

十一，努力将现代词语融入诗词中，让古诗词穿上新装。

十二，作诗要在"圆、响"二字上下功夫。诗贵通灵活泼，忌死句病句。

十三，虚实照应。

十四，细节描写。这一点非常重要。

和广大诗友一样，我在一步步向诗峰攀登里，得出这点微末经验。当然，这些在行家眼中不算什么。最后送十六字给各位诗友：揉搓古今，咀嚼英华；艺海拾珠，诗国纵骥。